Omistettu niille, joiden mielestä kunnon trilogia vaatii aina vähintään neljä osaa.

Kimmo Matero

Ytimessä

- Kalervo Lahdenmäki Pohjois-Amerikassa -

Kannen suunnittelu: Viestintätoimisto Kiteytin
Sisuksen taitto: Viestintätoimisto Kiteytin

Kustantaja: BoD – Books on Demand, Helsinki, Suomi
Valmistaja: BoD – Books on Demand, Norderstedt, Saksa

ISBN: 978-952-80-6230-1

YKSI

- *Miguel! Ven aquí! Pronto!*

Vaaleahiuksinen, auringon ahavoittama nuorimies kohotti katseensa kalaverkosta, jota hän oli paikkaamassa ja siristi silmiään kuulemansa huudon suuntaan. Rantaviivalta häntä kohti kompuroiva hahmo oli äänestä päätellen hänen kahdeksanvuotias veljensä Francisco. Tai Paco, kuten nimi oli tapana lyhentää. Tai Paquito, kuten kaikki tutut poikaa käytännössä kutsuivat. Joka taas oli lempinimen Paco diminutiivimuoto.

- *Ahorita, Paquito!* Miguel huusi äänen suuntaan. Meksikossa kaikki rakastivat diminutiivejä, jolleivät sitten tarvinneet superlatiiveja, Miguel ajatteli. Esimerkiksi "ahora" tarkoitti "nyt", mutta kaikki käyttivät siitäkin diminutiivia "ahorita". Joku turisti oli Miguelille tätä joskus ääneen ihmetellyt - kuinka sellaista muotoa kyseisestä sanasta voisi edes olla olemassa. Mikä muka oli pienempi hetki kuin "nyt"? Etenkin, kun kysyjän mukaan meksikolaisilla ei tuntunut olevan erityistä tarvetta kuvata erityisen nopeaa ajan kulua. Miguelkin oli oppinut kielen vasta myöhemmin, mutta oli kaupan päälle

5

saanut meksikolaisen mentaliteetin. Sen vuoksi hän oli vain hymyillyt vieraan kummalliselle ajatuksenjuoksulle.

Aamuaurinko paistoi kivikkoiselle rannalle hänen selkänsä takaa, joten sen kirkkaus ei ollut syynä Miguelin siristelyyn. Juanita-äiti oli jo useasti käskenyt poikaansa hankkimaan itselleen silmälasit, mutta tämä oli sinnikkäästi siirtänyt hankintaa eteenpäin selittäen, että laseihin uppoavilla rahoilla olisi kalastajaperheessä muutakin käyttöä.

Kalastus sinänsä sujui mukavasti; Acapulcon vesissä riitti kalaa, etenkin hyvin kaupaksikäyviä ruokakaloja, kuten punertavaa guachinangoa ja hopeanväristä mojarraa. Vaikkei Miguel sitä tiennyt, Meksiko oli kansainvälisissä kalastustilastoissa 80-luvun alussa maailman kärkimaita, jopa Norjan edellä. Tämä siitäkin huolimatta, että kalastukseen liittyvä lainsäädäntö ja muu suunnitelmallisuus loisti poissaolollaan. Tai ehkä juuri siksi.

Miguelin perheen taloudelliset harmit liittyivätkin lähinnä heidän ikääntyvään kalastusvälineistöönsä. "Etsii, etsii, vaan ei soisi löytävänsä" -arvoitus kuvasti hyvin Miguelin tämänhetkistä verkonpaikkaajan roolia. Tai olisi kuvastanut, jos sanonta olisi tunnettu Meksikossakin. Toiveidensa vastaisesti hän oli kuitenkin löytänyt parikymmenmetrisestä verkosta aamun aikana jo puolen tusinaa paikattavaa reikää.

Paco oli ehtinyt hänen vierelleen, hänen huohotuksensa jätti alleen rantaan lyövien laineiden rauhallisen, mutta säännöllisen sykkeen. Miguel laski verkonpaikkaustarvikkeensa sylistään ja nousi tuoliltaan.

- Mikä nyt on hätänä, Paquito? hän kysyi veljeltään. Veljeksiksi heitä ei kukaan ulkopuolinen olisi kyllä luullut; tummahiuksinen ja -hipiäinen Paco oli täydellinen vastakohta vaaleahiuksiselle ja sinisilmäiselle Miguelille. Lisäksi veljesten ikä ero oli lähempänä pariakymmentä vuotta. Tarkempaa lukua kukaan ei osannut sanoa, koska kukaan ei tuntunut tietävän

Miguelin tarkkaa ikää. "25, más ó menos", hänen äitinsä yleensä vastasi kysyjille, Miguel mukaan lukien.

Paco ei innostukseltaan ollut ensin saada sanaa suustaan, vaan hän viittilöi kädellään raivoisasti rannan suuntaan.

- Veli, tule äkkiä katsomaan!
- No mitä siellä nyt on?
- Aallot ovat tuoneet rantaan jonkun!

Miguel terästi katsettaan Pacon osoittamaan suuntaan. Rantaan verkalleen lyövien, vaahtoavien laineiden seassa erottui todellakin jotakin. Joskus aallot ohjasivat kallioiden reunustaman lahden liian matalaan rantaveteen delfiinejä, mutta tämä mytty oli eri muotoinen.

- Pian nyt!

Miguel lähti kävelemään kohti vesirajaa Pacon vetäessä häntä kädestä pitäen kiirehtimään. Hän vilkaisi ympärilleen ja totesi, ettei pienen kylän edustalla olevalla rannalla näkynyt muita. Turistien lisäksi myös paikalliset karttoivat rantaa ajanviettopaikkana; laskihan Acapulcon kotitalouksien puhdistamattomista jätevesistä suuri osa juuri tänne. Miguelin perheelle se merkitsi kuitenkin rauhallista paikkaa säilyttää venettään ja kalastusvälineitään.

Lähestyessään kohti aaltojen valelemaa myttyä Miguelin vauhti hidastui entisestään.

- Mikä nyt on? Mikset tule? ihmetteli Paco yrittäessään kiskoa veljeään lähemmäksi.

Miguelin päässä kohisi, ja hän tunsi, kuinka kaukaiset muistikuvat yrittivät puskea esiin hänen aivoistaan. Hän näki välillä edessään aaltojen liikuttaman tumman vaatemytyn, välillä itsensä makaamassa puolittain vedessä samalla kohdalla, tuntemattomien hahmojen hääriessä hänen ympärillään ja esittäen hänelle kysymyksiä, joista hän ei saanut selvää.

Miguel ravisti päätään ja räpsytteli silmiään. Näky ei kadonnut kokonaan, mutta hän pystyi toteamaan, ettei hänen edessään nyt lojuva vaatenyytti ollut muuta kuin juuri se - vaatenyytti. Pacokin kurkisti vaatekasaa veljensä takaa, ja tunnisti sen elottomaksi. Poikaa alkoi nolottaa hänen äskeinen innostuksensa, ja hän yritti peittää sitä potkaisemalla myttyä ja naurahtamalla väkinäisesti. Miguelia ei naurattanut. Kuuden vuoden takaiset muistikuvat alkoivat hitaasti jäsentyä hänen aivoissaan. Tässä hän oli itse maannut, tajunnan rajamailla. Hän muisti, kuinka häntä kiskottiin pois vedestä ja autettiin oksentamaan suolaista merivettä pois keuhkoista. Vesi pisteli, ja tilalle virtaava happi oli pakahduttaa hänet, mutta jotenkin hän onnistui pysymään tajuissaan. Auttajiensa kysymyksiä hän ei kuitenkaan ymmärtänyt. Hän aisti, kuinka joukko ihmisiä kantoi hänet rantaan ja siellä sijaitsevaan rakennukseen lepäämään. Armelias pimeys oli silloin vienyt hänet mukanaan. Siihen myös nyt esiin virinnyt muistikuva hälveni.

KAKSI

Raaputin keittiön huurtuneeseen ikkunaan aukon nähdäkseni sen puitteisiin ruuvatun elohopeamittarin. Hain hetken harmaata elohopeapalkkia, ennen kuin osasin luoda katseeni riittävän alas: -38°C. Kol-me-kym-men-tä-kah-dek-san-he-le-ve-tin-as-tet-ta. Pakkasta. Tammikuun 10. päivä tulisi epäilemättä jäämään Uudenmaan säätilastoihin kylmimpänä pitkään aikaan. Vedin joskus äidiltäni joululahjaksi saamani villasukat tiukemmin jalkaani, laahustin tiskialtaan luo ja napsautin kahvinkeittimen päälle. Eihän tällaisissa Siperian pakkasissa ollut mitään järkeä. Noudin postilaatikostani kolahtaneen, kohmeisen Hesarin eteisen lattialta ja aloin käännellä sen sivuja löytääkseni mainoksia edullisista lomamatkoista kesän lämpöön. Postinkantajan tuloni eivät olleet häävit, mutta yksin asujan menot olivat onneksi vielä maltillisemmat. Olin saanut villasukan varteen säästettyä jonkinmoiset lomarahat hätätilanteita varten. Ja tämä oli sellainen.

Tjäreborgin logoa etsiessäni saavuin urheilusivuille. Niillä ennakoitiin päivän tulevaa, miesten hiihdon maailmancupin 15

9

kilometrin kilpailua kaukana Calgaryssä, Kanadassa. Harri Kirvesniemi mittelisi pää kenossa maailmancupin osakilpailuvoitosta Ruotsin Torgny Mogrenin kanssa. "Hartsa" totesi artikkelissa olevansa ihan kohtuuhyvässä kunnossa. Nyökkäilin hyväksyvästi; en niinkään kommentin sisällölle kuin sen sävylle. Kirvesniemi ei pullistellut turhia, perinteisellä suomalaisella tyylillä mentiin, sekä ladulla että haastatteluissa. Parhaansa oli menossa tekemään, ja se saisi riittää.

Mietin, että Kanadassakaan tuskin olisi näin älyttömiä pakkasia ja kaadoin perkolaattorista juuri valmistunutta Sheikin Mokkaa mukiin jäähtymään. Sheikkienkään ei tarvitsisi kuuna päivänä kärvistellä tällaisissa kylmyyksissä. Radiossa ruotsalaisten uusi pop-menestystuote Europe tuuttasi eetteriin enteellisesti viimeistä lähtölaskentaa. Jonnekin olisi pakko päästä. Jatkoin matkailumainosten etsintää.

Matkailusivuillakin pakkasten päivittely sen kuin jatkui. Uutisen mukaan Finnairin DC-10-kalusto oli "hyytynyt omiin hydraulinesteisiinsä", eikä Atlantin ylilentoja voitaisi niillä tehdä ennen pakkasten hellittämistä. Ounastelin, että keväämmälle siirtyville lennoille olisi varmasti tungosta, ja hinnat saattaisivat olla sen mukaiset.

Tjäreborgin ilmoituskin löytyi. Se mainosti tsä-tsä-tsä-lomamatkoja Kanarian saarille, Rhodokselle ja Kyprokselle, mutta minä huomasin yhtäkkiä haluavani punatakkisten poliisien, vaahterasiirapin ja majavien maille Kanadaan. Kesällä siellläkin olisi varmasti mukavan lämmintä. Kyytitarjontaa sinne tuntui kuitenkin olevan hiukan etelän lomakohteita niukemmin.

Viimein tärppäsi: meno-paluulentoja Helsingistä Montrealiin kaupattiin heinäkuun alusta alle tuhannella markalla. Ilmeisesti jokin lentoyhtiö promosi uutta, avautuvaa reittiään postimiehenkin lompakkoa kutittelevalla tarjouskampanjalla. Mietin, että vielä muutamaa vuotta aiemmin lomamatka heinäkuussa ei olisi tullut kyseeseenkään;

olihan se suomalaisten tanssilavojen kuuminta sesonkia, eikä tanssiorkesterillemme olisi tullut mieleenkään jättää moinen ansaintakausi hyödyntämättä. Tuon ajan orkesteriamme ei kuitenkaan enää ollut, eikä uuttakaan ollut enää ilmestynyt tilalle. Lasse Pihlajamaan haitarini palkeiden välistä oli ilma seisahtunut ja näppäimistön vaseliini jähmettynyt. Haitarilaukun ainoa tehtävä oli jo tovin ollut vain kerätä pölyä pinnalleen. Matkaillen vietetty heinäkuu sopi suunnitelmiini siten enemmän kuin hyvin.

Kylmyys tunki ikkunatiivisteiden välistä keittiöön niin, ettei tarjouksen perään kadulle huvittanut välittömästi hölkätä. Rengastin ilmoituksesta matkatoimiston osoitteen, ja päätin lähteä käymään siellä heti pakkasten hiukan hellitettyä. Sääennusteen mukaan sitä pitäisi odotella vielä ainakin pari päivää.

En ehtinyt odotella kuin pari minuuttia, kuin sain päähäni soittaa Ranelle. Alitajuntani oli ilmeisesti nostanut hänet tanssilavojen takahuoneista muistikuvieni orkesterikorokkeelle. En ollut kuullut tästä nuoruusvuosien tanssiorkesterimme introvertista basistista mitään yli kolmeen vuoteen; sen jälkeen, kun hän Irlannin-matkallamme löysi biologisen isänsä ja päätti asettua joksikin ajaksi tämän luokse pohjoishämäläisiin maisemiin. Rane olisi saanut suomalaisen keihäänheittäjänkin vaikuttamaan suupaltilta ja Pentti Linkolan parantumattomalta optimistilta. Voisi olla virkistävää kuulla joltakulta, että asiat voisivat olla paukkupakkasiakin huonommin.

Ranen kunnanjohtajaisän puhelinnumero löytyi vihreäkantisesta muistivihostani, johon olin vuosien mittaan erilaisten tuttavuuksieni numeroita tallennellut. Numeron lyhyys viittasi verkkoryhmään, jossa ei tilaajien erotteluun hirveästi numeroita tarvittu. Se oli punaisen LM Ericssonin numerovalintakiekolla nopeasti pyöritetty. Muutaman lyhyen hälytysäänen piippauksen jälkeen luuri toisessa päässä nostettiin.

- Haloo? joku murahti korvaani. Arvelin, että kunnanjohtaja olisi puhelinetiketin mukaisesti esitellyt itsensä vastatessaan, joten ynähdyksen täytyi tulla Ranen suusta.

- Mitä basisti? kokeilin.

- Kalervo? kuului linjan toisesta päästä hetken hiljaisuuden jälkeen.

- No ihan omassa persoonassaan! Mitäpä mies?

- Mitäs tässä. Kelkka hyytyi.

Kommentillaan Rane halusi selvästikin tehdä tiettäväksi, että elämä oli ylimalkaan kutakuinkin reilassa ja että pakkaskeliä riitti tällä hetkellä myös sinne päin Suomea. Samalla hän nerokkaasti ilmaisi puuhailevansa arvatenkin jotakin metsänhoidollista, joka todennäköisesti tarkoitti, että hän oli onnellisesti työn syrjässä kiinni ja ainakin vielä hetki sitten jopa ajokunnossa. Paljon informaatiota neljään sanaan kiteytettynä.

- Kuinkas isäukon kanssa sujuu? tiedustelin.

- Ihan ok.

Tuntui, kuin kävisi keskustelua teinin kanssa, vaikka Ranenkin täytyi alkaa olla jo lähempänä kolmea- kuin kahtakymmentä.

- Huvittaisiko lähteä kesämmällä katsastamaan vähän toisenlaisia moottorikelkkamaisemia? kysyin.

- Kelkkamaisemia? Kesällä?

Matkailutarjoukseni absurdius oli osoitettu jälleen taloudellisesti, kahdella sanalla. Mestarillista.

- No unohda se kelkkailu sitten. Ajattelin vain lähteä käymään kesälomalla Kanadassa. Vähän sellaista roadtrippiä, niin kuin sanotaan.

Ei vastausta.

- Ja sopiva lentokin löytyi jo. Montrealiin pääsee heinäkuussa aika halvalla.

- Älä nyt sano, että sulla on jokin Lasse Virén -pakkomielle.
- Mitä? No ei tietenkään! Miksi olisi?
Viimeksi Ranen kanssa tavatessani olin ollut jokseenkin ahkera lenkkeilyn harrastaja. Vaikka se oli ollut ehkä yritys unohtaa yksityiselämäni yksitoikkoisuus, urheilua vieroksuvalle Ranelle tossutteluni oli näyttäytynyt yltiö- ellei peräti sekopäisenä vimmana juoksennella aina kuin ja missä vain mahdollista. Nykyään suhtauduin kuntoiluun jo maltillisemmin, mutta oli toki myönnettävä, että Ranen sanat nostivat välittömästi silmieni eteen kuvan Montrealin olympialaisten 5000 metrin juoksun loppusuorasta, jossa edes uusiseelantilainen kiri- eikä saksalainen heittäytymiskyky estäneet suomalaisen tekemästä juoksu-urheilun historiaa. 55 sekunnin sinivalkoinen kirikierros oli muille liikaa.

Langan päässä odoteltiin kärsivällisesti paluutani takaisin vuodesta 1976.

- Niin, mitä sanot? Pyörittäisiin pari viikkoa amerikansuomalaisten jalanjäljissä. Kai ne Kanadassakin osaavat olutta valmistaa?

- Ihan sama.

Päätös oli tehty. Kesällä lentäisimme taas pitkästä aikaa Atlantin yli. Kaksi mannertenvälistä nahjusta.

KOLME

- *Mamá?*

- Niin, Miguel? Juanita vastasi jatkaen liedellä porisevan pozole-keiton hämmentämistä.

- Kuka minä olen?

Keitossa hiljaa pyörivä kauha ei pysähtynyt, vaikka Juanita tunsi sydämensä seisahtuvan. Hän oli odottanut tätä kysymystä. Toki Miguel oli asiaa ohimennen tiedustellut aiemminkin, mutta tällä kertaa kysymyksen sävyssä kuului uudenlaista määrätietoisuutta.

- Miksi kysyt? hän vastasi hetken mietittyään.

- Muistatko, kun jokin aamu kerroin Pacon löytäneen rannalta sinne ajautuneen vaatekasan, joka nosti esiin outoja tuntemuksia? Ikään kuin ne olisivat olleet muistoja menneisyydestäni. Nyt olen aika varma, että ne tosiaan olivat omia muistojani.

- Niinkö?

- Tehän löysitte minut silloin vuosia sitten tältä samalta rannalta, eikö?

Juanita lopetti keiton sekoittamisen, kopautti kauhan tyhjäksi ja asetti sen pöydälle lieden viereen. Sitten hän kääntyi katsomaan Miguelia. Oli tullut aika kertoa pojalle totuus.

- Niin löysimme. Se tapahtui reilut kuusi vuotta sitten. Makasit siellä eräänä aamuna, aaltojen rantaan tuomana. Olit pahasti ruhjeilla, mutta ihme kyllä hengissä.

- Miten minä jouduin sinne? Miguel kysyi hämmentyneenä.

- *Quién sabe?* Kuka tietää. Et vaikuttanut ymmärtävän kieltämme. Toimme sinut kotiimme ja odotimme, että joku alkaisi etsiä sinua. Mutta ketään ei kuulunut.

- Ettekö ilmoittaneet minusta kenellekään?

- Emme tietenkään! Sinulla ei ollut papereita, et puhunut espanjaa, kukaan ei tiennyt alkuperääsi. He olisivat laittaneet sinut vankilaan. Tai pakottaneet sinut kuljettamaan huumeita. Sinähän tiedät, millainen poliisi täällä on.

Miguel jäi miettimään. Juanitan mainitsemat ruhjeet viittasivat varmasti syyhyn, joka oli saanut hänen muistinsa katoamaan. Hänellä ei ollut mitään muistikuvaa paria vuotta kaukaisemmista tapahtumista. Paitsi nyt joitakin ensimmäisiä hataria sellaisia, kuulemma siis kuuden vuoden takaa.

- Nimeni ei siis ole Miguel, enkä ole poikanne, hän toisti hitaasti.

- Oikeaa nimeäsi emme tiedä, mutta nämä vuodet olet ollut meille kuin oma poika, Juanita vastasi hiljaa. Miguelin muisti alkoi selvästi toimia, eikä kannattanut enää pimittää häneltä tosiasioita. Hänen miehensä kuoltua nelisen vuotta sitten Miguelista oli ollut suuri apu kolmihenkiseksi jääneen perheen elättämisessä, mutta hän tiesi, ettei voisi iän kaiken odottaa tämän auttelevan adoptioäitiään ja Pacoa täällä jumalan selän takana. Oli hän sitten heidän oikeaa sukuaan tai ei.

- Olenko *gringo?* Miguel kysyi varovasti.

- Ei, en usko. Olethan kuullut näiden vuosien aikana heidän kieltään, eikä se ole vaikuttanut sinusta tutulta. Sitä paitsi äännät espanjaa paremmin kuin mihin nuo jenkit koskaan pystyisivät.

- *Ferrocarríl*, Miguel hymähti kieltään voimakkaasti pärisyttäen. Taidokkainkaan jenkki ei yleensä kyennyt r-kirjainten uskottavaan lausumiseen tuossa, rautatietä tarkoittavassa sanassa. Juanitakin hymyili, mutta vakavoitui nopeasti. Miguel tiesi, ettei hetki ollut helppo hänellekään.

- Mistä minä sitten oikein tulen? Miguel kysyi häneltä.

Juanitan maailmankuva ei yltänyt juuri Acapulcon osavaltiota kauemmaksi, mutta oli hän sentään joskus nähnyt kaupungissa ulkomaalaisia turisteja.

- En tiedä. Yhdysvaltain takana, pohjoisessakin asuu jokin valkoihoinen kansa. Olen kuullut heitä kutsuttavan kanadalaisiksi. Saatat olla vaikka sieltä.

- Kanadasta? Miguel maisteli sanaa kielellään. – Kuinka sinne pääsee?

- Sen täytyy olla hyvin, hyvin kaukana. Isäsi mukaan täältä kun lähtee pohjoiseen, vastaan tulee suunnattoman suuri Texas. Kanada on vielä sitäkin kauempana.

- Minä lähden sinne.

NELJÄ

Tammikuun ennätyspakkasia ei jäänyt ikävä, ei myöskään seuraavien kuukausien muutoin vain koleita kelejä. Postinkantajan hommassa mielekkyys oli vahvasti sidoksissa ulkolämpötilaan, ja ainakin alkuvuoden osalta oltiin työtyytyväisyysasteikollakin jäämässä rutkasti pakkasen puolelle. Vanha kansa vakuutteli, että kylmää talvea seuraisi helteinen kesä, mutta ainakin alkukesän sateisiin toi vaihtelua lähinnä vain sen rakeiksi muuttunut olomuoto.

Kun heinäkuun kolmannentoista päivän aamu koitti, olimme Ranen kanssa siis vähintäänkin innokkaasti tyrkyttämässä passejamme ja lentolippujamme lentoemännän tarkistettavaksi Helsinki-Vantaan lentoaseman ulkomaanterminaalin lähtöportilla 21. Valuuttaa olimme sentään ymmärtäneet käydä vaihtamassa jo pari päivää aiemmin Kansallis-Osake-Pankin konttorissa. Tosi on.

- Hyvää matkaa, kaikui lentoemon toivotus enää kaukaa takaamme, kun tuupimme toisiamme jo putkessa eteenpäin; ikään kuin säntäily tässä vaiheessa olisi vienyt meitä yhtään nopeammin kohteeseemme.

Lennon ja sen jatkosellaisen kestosta huolimatta olisimme perillä Kanadassa vielä saman päivän puolella. Olin lukenut, että 1.7. oli ollut Kanadan 120. kansallispäivä; niin monta vuotta sitten kolme brittiläistä territoriota oli yhdistynyt Kanadan liittovaltioksi. Luvassa ei siis todennäköisesti olisi kovin mittavia ilotulituksia saapumisemme kunniaksi.

Ensin piti kuitenkin kestää toistakymmentä tuntia erilaisissa istuma-asennoissa ahtaissa lentokonepenkeissä. Atlantin ylitys tapahtui jättimäisellä Boeing 747-koneella, mutta sen kolmesta matkustajaluokasta alimman kastin matkustajina henkilökohtaista tilaa ei käytössämme ollut juuri ulkohuussia enempää. Mutta kestimmehän me, koska matkustajien tuskaa lievitettiin avokätisellä alkoholitarjoilulla. Renaultin Carte Noir - konjakki sai meidät nopeasti tuntemaan olomme maailmaa nähneiksi liikemiehiksi, vaikka turistiluokan eteen vedetyn esiripun takana matkustimmekin. Tartuin myös Ranen tarjoukseen polttaa aterian päälle pikkusikarit; olimmehan juuri kuulleet lentoemännältä, että Air Canadan suunnitelmissa oli, ensimmäisenä lentoyhtiönä maailmassa, kieltää tupakointi kaikilla lennoillaan vielä saman vuoden puolella. Rane oli sitä mieltä, että nyt piti sitten kessutella varastoon.

Kielenkannat hyvin voideltuina Rane äityi loppumatkasta keskustelemaan savun seasta enemmänkin.

- Tiedätkös Kalervo, mitä Kanadassa on enemmän kuin missään muussa maassa? Siis aivan missään muualla.

- No?

- Kanadalaisia.

En nauranut. Sen sijaan ajattelin, että matkan olisi ehkä voinut varata lyhyempänäkin.

VIISI

Miguel oli kierrellyt muutamana päivänä Acapulcon matkustajasatamassa jututtamassa siellä lorvivaa henkilökuntaa, ja hänen päässään oli muotoutunut suunnitelma paperittomasta pakomatkasta pohjoiseen. Isoille risteilyaluksille oli helppo ujuttautua mukaan ikään kuin henkilökuntana; kun sopivasti siirtyilisi kansilta toisille, kukaan ei kyselisi, kenen palkkaamana hän olisi miehistöön ilmestynyt.

Suurin osa risteilijöistä saapui Acapulcoon Los Angelesista, Kaliforniasta, jonne päästyään Miguel olisi mielestään jo hyvässä vauhdissa kohti Kanadaa. Niinpä, kun hän kuuli Pacific Princess -nimisen risteilyaluksen rantautuneen turistilastin kanssa Acapulcoon, hän puki sataman pesulasta lainaamansa kansipojan univormun ylleen, hyvästeli sijaisperheensä, kiirehti satamaan ja ujuttautui huomaamatta jättimäiseen matkustaja-alukseen.

Pacific Princess viipyi Acapulcon satamassa vain muutaman tunnin, joten Miguelin tuli vain piilotella muulta henkilökunnalta sen aikaa, että aluksen kiinnitysköydet oli irrotettu ja matka passintarkastuspisteiden ulottumattomissa oli alkanut.

19

Tyyni valtameri oli onneksi nimensä mukainen. Hurrikaani Adrian oli jäänyt kesäkuun ainoaksi eikä heinäkuun myrskysesonki ollut vielä päässyt käyntiin, joten tutustuminen uuteen ympäristöön kävi vaivattomasti. Aurinkoinen ilma suorastaan houkutteli ihastelemaan reelingin takaa toisaalta tyyrpuurin puolella laivaa avautuvia, Coliman osavaltion hengästyttäviä rantamaisemia; ja toisaalta paapuurin puolen loputonta Tyynen valtameren sineä, joka jossain kaukana sekoittui samansävyiseen horisonttiin.

Miguel huomasi nopeasti, että reilun kolmen sadan hengen muodostamassa henkilökunnassa oli hänen lisäkseen paljon muitakin, jotka puhuivat käytännössä vain espanjaa. Tämä oli myös kätevä tekosyy olla joutumatta keskusteluihin henkilökunnan englanninkielisten esimiesten kanssa, näiden mahdollisesti ikävine, työsopimuksellisine kysymyksineen. Miguel otti lisäksi tavakseen olla kätevinä apukäsinä paikalla ikään kuin sattumalta siellä, missä kulloinkin tarvittiin. Näin hän pääsi vaihtamaan sijaintiaan milloin ruumaan, milloin keittiöön, milloin aurinkokannelle tai konehuoneeseen. Muutaman päivän kuluttua hän saattoi olla kohtalaisen varma, ettei kukaan tiennyt, mikä Miguelin varsinainen toimenkuva oli, eikä tiedustelisi hänen taustoistaan sen kummempaa.

Laivan vierailijaohjelmasta vastasi luonnollisesti myös "aito meksikolainen mariachiorkesteri". Yhtyeen jäsenet olivatkin juuriltaan meksikolaisia, mutta jo vuosia sitten työn perässä Yhdysvaltoihin lähteneitä, paperittomia siirtolaisia. Miguel huomasi tulevansa heidän kanssaan hyvin juttuun. Yhtyeen soittimet herättivät hänessä jälleen kummallista tuttuuden tunnetta, ja hän seurasi orkesterin esityksiä suurella nautinnolla aina, kun vain oli mahdollista. Enimmäkseen 6/8-tahtilajiset kappaleet olivat hänelle toki tuttuja jo radiosta, mutta elävää orkesteria seuraamalla kappaleet iskostuivat pienimpine nyansseineen hänen mieleensä.

Matkan neljäntenä iltana Pedro, orkesterin kitaristi, sairastui vatsatautiin. Vaikka meksikolaisten chilinkyllästämät sisäelimet olivat tottuneet monenlaisiin bakteereihin, heillekin "Moctezuman koston" nimellä tunnettu tauti tuppasi iskemään kerran, pari vuodessa. Nyt suuren atsteekkihallitsijan reinkarnaatiota ilmentävä pieneliö oli selvästi löytänyt kitaristin ruoansulatusrännin, eikä illan esityksestä tulisi mitään.

- Osaatko soittaa kitaraa? kysyi vatsaansa pitelevä Pedro, vaaleanpunaista Beptobismol-vatsalääkettä sisuksiinsa naama vihreänä kulautellen.

- En... tiedä, Miguel vastasi.

- Mariachit lavalle niin kuin olisi jo! kuului purseri Smithin äkäinen huuto orkesterin taukotilan ovelta. Tällä samaisella aluksella oli vielä vuotta aiemmin kuvattu romantiikkaa tihkuvaa, Lemmenlaiva-nimistä televisiosarjaa, mutta nykyisestä henkilöstötilojen tunnelmasta oli rakkaus kaukana. TV:stä tutun kapteeni Stubingin pepsodent-hymy loisti lähinnä poissaolollaan, tosielämän kippari ei juuri hammaskalustoaan kajuutassa väläytellyt.

Kärsivän oloinen Pedro lykkäsi kuusikielisen instrumenttinsa Miguelille.

- Aika ottaa selvää! hän ähkäisi ja painoi helmiäiskoukeroilla kirjaillun, mustan sombreronsa Miguelin päähän.

Samassa orkesteria jo vietiin. Miguel kiikutti kitaraa kädessään ensin hermostuneena, mutta sitten soittimen kaula alkoi tuntua hänestä kummallisen tutulta ja turvalliselta. Hän asetti kävellessään vasemman kätensä otelaudalle ja huomasi sormiensa asettuvan sillä välittömästi tiettyyn asentoon. Hän napsautti kitaran nailonisia kieliä oikean kätensä peukalolla ja ilmoille kajahti ihka oikea, ja vieläpä hyvältä kuulostava sointu.

- G, hän kuuli sanovansa. Veri nousi Miguelin poskille: hänhän tunsi tämän soittimen! Tuntui, kuin kauan sitten kadonnut ystävä olisi löytynyt. Orkesterin muut jäsenet katsoivat toisiaan kulmakarvat koholla. Sitten viulisti teki päätöksensä.

- Listos? Uno, dos, tres,...

La Cucaracha kajahti ilmoille ensimmäisenä kappaleena aivan kuten orkesterin aiempinakin esiintymiskertoina. Tällä kertaa vain mies kitaran varressa oli vaihtunut. Miguel seurasi haltioituneena, kuinka hänen vasen kätensä etsiytyi soinnun vaihtuessa uuteen asemaan otelaudalla lähes virheettömästi. Jostakin syvältä lihasmuistista sinnitteli esiin ilmeisesti hänen edellisessä elämässään, ennen mystistä haaksirikkoa acapulcolaiselle rannalle oppimansa taito.

KUUSI

- Mitä helvettiä? Rane äimisteli lampsiessamme pitkin Montréal-Mirabelin kansainvälisen lentoaseman kiiltävää tuloaulaa. Tämä valtava lentokenttä oli avattu vuoden 1976 olympialaisiin ja suunnitelmissa oli ollut siirtää kaikki läheisen Dorvalin kentän liikennekin sille, mutta lentoliikenne Montrealiin olikin alkanut hiipua kansainvälisten yhtiöiden siirryttyä käyttämään Toronton kenttää. Atlantin yli lentävien koneiden polttoainekapasiteetti oli kasvanut, eikä välitankkauksia tarvittu aiemmassa määrin. Lisäksi matkustajien siirtyminen kotimaan lennoille Mirabelista kaukana sijaitsevaan Dorvaliin oli vähintäänkin työlästä. Aulassa siis riitti taivallettavaa, mutta missään väenpaljoudessa sitä ei todellakaan tarvinnut halkoa.

- Luin koneessa, että Kanadan tässä osassa puhutaan englannin lisäksi myös ranskaa, mutta en arvannut, että he olivat näin tosissaan, vastasin ymmärtäessäni Ranen suuttumuksen syyn.

Opastuskylteistä ei tosiaan saanut selvää niin helposti kuin jotenkuten englanninkielentaitoisina olimme kuvitelleet. Englannin asema vaikutti todellakin olevan samaa luokkaa kuin

23

suomen kielen Ahvenanmaalla. Onneksi opaskylttien kuvakieli oli universaalia, ja saatoimme suunnistaa bussinkuvien perässä kohti ulkona odottavia pysäkkejä.

Kuuma ja kostea ilma löyhähti kasvoillemme lehmän henkäyksen lailla, kun tulimme ulos asemarakennuksesta. Iltapäivän mittaan elohopea oli kivunnut jo yli 90 Fahrenheit-asteen, suomalaisittain jonnekin +34 Celsius-asteen paikkeille. Joku innokas, turbaanipäinen taksikuski kävi tiedustelemassa kyytitarpeitamme, mutta Rane teki hänelle nopeasti selväksi, ettemme törsäisi rajallista matkakassaamme vuokrakiesiin.

Hiki ehti alkaa jo virrata noroina ohimoiltamme, kunnes löysimme kapsäkkeinemme kaupunkiin vievän bussilinjan pysäkin. Maksoimme matkan Helsingissä vaihtamillamme Kanadan dollareilla.

- Häh? reklamoi Rane saatuaan vaihtorahojen yhteydessä käteensä kiiltävän, yhden Kanadan dollarin kolikon. – Yrittääkö tää jätkä kusettaa?

KOPin konttoritiskiltä haalimassamme dollaripinkassa ei tosiaan ollut kuin seteleitä, ja muutama niistä oli yhden dollarin sellaisia. Rane tarttui toisella kädellään kuskia rinnuksista ja näytti toisellaan tältä saamaansa kolikkoa.

Hätääntynyt bussikuski soperси jotakin epäselvää ranskaksi ja viittilöi kohti bussin etuosassa olevaa mainostaulua.

- Mitä tää selittää? Rane tivasi.

- Tuossa kuvassa näkyy tällainen kolikko, ja päivämäärä 1.7. Oliskohan ne ottaneet siis käyttöön yhden dollarin kolikon?

Kuskin innokkaasta nyökkäilystä päätellen näin oli. Rane päästi irti tekstiilistä. Helpottunut bussikuski suoristi kravattiaan.

- *How long to center?* kysyin häneltä. Ajuri arveli yhtä huonolla englannilla taipaleemme keskustaan kestävän tunnin, ehkä kaksi. Siirryimme bussin peräosaan ja alistuimme passiiviseen joukkokyyдittävien rooliin.

Mirabelin kenttä ei tosiaankaan ollut lähellä Montrealin keskustaa. Maisema maaseutua halkovan bussin ikkunasta oli välillä hyvinkin suomalaista; havupuita ja pusikkoa; välillä se taas muistutti Pohjois-Amerikan laajoista preerioista ja sen loppumattoman tuntuisista suorista teistä. Pitkänokkaisia kuorma-autoja tuli vastaan vähän väliä, vastaten puolestaan Aku Ankan pohjalta luomiani mielikuvia uuden mantereen ajoneuvoinfrastruktuurista.

Esikaupunkialueiden asunnot olivat alkuun kaksikerroksisia omakotitaloja, sitten kolmikerroksisia rivitaloja ja lopulta erikokoisia ja -näköisiä, liikehuoneistojen ja asumusten kaksikerroksisia sekoituksia sinne tänne katuverkkoa läiskittynä.

- Rakennuttajien luovuutta rajoittavia asemakaavoja tai muita turhanpäiväisiä rakennussäädöksiä ei taideta täällä liiemmin harrastaa, totesin.

- Tilaa on, Rane puolestaan analysoi.

Näin oli, paitsi aivan keskustassa, jossa huoneistoalaa oli täytynyt kasvattaa sitä enemmän ylöspäin mitä lähemmäksi centre villeä tulimme. Katujen leveyksiin tämä ei kuitenkaan vaikuttanut; huolimatta molempien kadunvarsien parkkeerattujen autojen jonoista kaduilla olisi mahtunut vaikka ottamaan vastaan Kanadan tykistön ohimarssin.

Jäimme pois kyydistä latinokorttelissa, Pyhän Hubertin kadulla, jolla yhden tähden Victor-hotellimme sijaitsi. Syy edes yhteen tähteen ei ainakaan voinut olla hotellista avautuva maisema rähjäiseen teollisuuskiinteistöön, joten luotimme siihen, että se oli ansaittu jollakin hotellin sisäiseen mukavuuteen liittyvällä yksityiskohdalla.

Hotellin henkilökunta oli yhtä kuin intialaisen näköinen heppu, joka ilmeisesti asui vastaanottohuoneessa ja nukkui yönsä tiskin takana olevassa pedissä. Otimme sen hyvänä merkkinä; jos hänkin pystyi nukkumaan täällä, kyllä mekin pystyisimme.

Oli paikallista aikaa vasta alkuilta, mutta saimme vaivoin pidettyä silmämme auki. Olimme tarkoituksella venyttäneet päiväämme lennon aikana niin, että pääsisimme perillä nopeasti kiinni kanadalaiseen rytmiin. Nyt piti sinnitellä siis vielä pari tuntia.

- Etsitään autovuokraamo ja joku baari, josta saamme paikallista olutta, ehdotin huoneeseemme päästyämme.

Rane katseli hetken ympärilleen ja päätteli, ettei meillä ollut mitään syytä jäädä huoneeseenkaan odottelemaan nukkumaanmenoaikaa. Sisustus oli sangen askeettinen.

- Ok.

Edullisia vuokra-autoja markkinoiva toimistokoppi löytyikin parin korttelin päästä. Kravaattikaulainen asiamies yritti ensin vaikuttaa kiinnostuneelta meistä, kotimaastamme ja matkailuaikeistamme, mutta luovutti valittuamme ajokiksemme hänen neuvoistaan huolimatta huokeimman saatavilla olevan menopelin, viisi vuotta vanhan, tummanpunaisen Chrysler Le Baronin. Kaksipaikkainen ja -litrainen convertible-avomalli oli juuri mitä tarvitsimme Kanadan valloitukseen. Ohitimme myyjän yrityksen selittää rättikaton aukeamismekanismia käden heilautuksella; kuka Kanadan auringossa muka kattoa tarvitsisi?

SEITSEMÄN

- *Que cabrón!* ihasteli Ernesto, laivaorkesterin viulisti Miguelin suoritusta, kun setti oli päättynyt. Vasta-alkajaksi tämä puoli-gringo oli suoriutunut tuuraajaroolistaan vallan erinomaisesti. Risteilyvieraat olivat jo sen verran useana päivänä kuulleet orkesteria, että suurin osa heistä ei kiinnittänyt performanssiin enää mitään huomiota. Siitä huolimatta he olisivat ehkä reagoineet, jos lainakitaristi olisi soitellut aivan mitä sattuu.

Trumpetisti Juan läimäytti Miguelia myös tuttavallisesti selkään ja kysyi, missä tämä oli oppinut soittamaan kitaraa.

- En todellakaan tiedä, vastasi Miguel hämmentyneenä ja luovutti lainaamansa sombreron WC:stä jälleen kerran palanneelle Pedrolle. – Minulla ei ole kuuden vuoden takaisesta elämästäni mitään muistikuvia. Samalla hän raotti hiuksiaan, jolloin muusikot näkivät hänen kalloaan päällystävät arvet.

- *Dios mío!* Juan ähkäisi. – Mitä sinulle on tapahtunut?

- Sitä juuri yritän selvittää. Siksi olen matkalla pohjoiseen. Äitini... tai pitäisikö sanoa äitipuoleni, oli sitä mieltä, että saattaisin olla alun perin Kanadasta.

- Kanadasta? Juan toisti.

- Niin, tunnetko paikan? Miguel innostui.

- No en ole käynyt, mutta tällä laivalla on usein kanadalaisturistejakin. Ehkä sinun pitäisi yrittää kysellä heiltä.

Miguel tunsi sisimmässään taas läikähtävän. Voisiko laivalla tosiaan olla hänen maanmiehiään? Uskaltaisiko hän tehdä heidän kanssaan tuttavuutta, tällainen vähäpätöinen miehistön edustaja? Eikä edes virallinen sellainen?

- Miten se onnistuisi? Puhuvatko he espanjaa?

- Yllättävän moni turisti on opiskellut sitä ainakin sen verran, että osaavat tilata baarissa drinkkejä. Ainahan voit kokeilla, osaisiko joku enemmänkin, Ernesto ehdotti.

KAHDEKSAN

- Kymmenen... yhdeksän... kahdeksan...

Toimenpiteen käynnistyslaskenta oli alkanut. Joukko tiedemiehiä valkoisissa laboratoriotakeissaan kuunteli kaiuttimista kuuluvaa numerosarjaa ja tuijotti sanaakaan sanomatta edessään olevia, mustavalkoisia kuvaputkia. Rob Mitchell tunsi niskassaan erityistä kihelmöintiä. Hän oli nyt osa sukupolvien yli ulottuvaa jatkumoa. Iso-Britannia oli toteuttanut maanalaisia ydinasetestejä Yhdysvaltain suostumuksella Nevadan autiomaan testiasemalla jo vuodesta 1962, ja hänen isänsä oli työskennellyt asemalla testausten käynnistymisestä alkaen. Ensimmäisen testin koodinimeksi oli valittu Pampas, ja sen tulos oli ollut suunnilleen yhtä lattea kuin oikea pampa Argentiinan itäosissa. Testistä oli kuitenkin opittu nopeasti, ja jo samana vuonna toteutettu, koodinimellä Tendrac kulkenut testi oli ollut menestys.

- ...seitsemän... kuusi... viisi...

Isä olisi nyt pojastaan ylpeä. Jos vielä eläisi, lisäsi Rob mielessään ja nielaisi. Isän ura oli katkennut vuoden 1980 testeissä sattuneeseen onnettomuuteen, jonka yksityiskohdista ei herunut tietoa edes lähimmäisille.

Fysiikasta lapsesta lähtien kiinnostuneena ja alan korkeakoulutasoisen koulutuksen erinomaisin arvosanoin läpäisseenä Rob oli päättänyt lähteä jatkamaan isänsä työtä. Ehkä isän kuolinsyykin samalla selviäisi. Nyt ei ollut kuitenkaan aika selvitellä sellaisia. Hänen assistenttinsa Amir oli edellisviikolla yllättäen ilmoittanut joutuvansa keskeyttämään osallistumisensa testeihin, perhesyihin vedoten. Iranilaistaustaiset tutkijat olivat hyvin perheorientoituneita, joten Rob oli luonnollisesti hyväksynyt ilmoituksen ilman sen kummempia selityksiä. Mutta sen vuoksi hän oli joutunut paiskimaan viime päivät töitä kahden edestä, ja hänellä oli ollut täysi työ pitää tarkkaavaisuutensa 100-prosenttisena. Rob tuijotti kuivuvin suin nyt äänen mukana taululla alaspäin laskevia numeroita.

- ...neljä... kolme...

Rob oli hakenut ja päässyt mukaan UK:n ydinaseohjelmaan, joka tähtäsi Vanguard-luokan sukellusveneestä laukaistavan, Trident II -ohjuksen taistelukärjen valmistamiseen. Trident oli yhdysvaltalaista teknologiaa, johon liittyvästä kehitysyhteistyöstä Iso-Britannian pääministeri Margaret Thatcher oli sopinut presidentti Ronald Reaganin kanssa maaliskuussa 1982. Iso-Britannia lupasi siinä ostaa 65 Trident II -luokan ohjusta Yhdysvalloilta ja valmistaa itse laukaisualustoina toimivat neljä sukellusvenettä sekä varsinaisen ydinlatauksen sisältävät taistelukärjet.

Trident-ohjelmakokonaisuus oli mittava, sen laskettiin maksavan puolustuskulujensa kanssa kamppailevalle Iso-Britannialle 5 miljardia puntaa. Hinnanalennusta saadakseen Iso-Britannia lupasikin jatkaa kahden, Yhdysvalloillekin tärkeän maihinnousualuksensa ylläpitoa. Myönnytyksen ansiosta Iso-Britannia laski säästävänsä Trident-ohjelmansa kuluissa seuraavan kahdeksan vuoden aikana kymmenesosan, ja itse sopimus päästiinkin allekirjoittamaan lokakuussa 1982. Mutta mikä tutkijan kannalta tärkeintä, se pääsi heti käsiksi kaikkeen yhdysvaltalaisohjuksen kehitykseen liittyvään tietoon. Ja tiedon nopean omaksumisen Rob osasi.

- ...kaksi... yksi...

Ydinkärjen kehitys alkoi olla loppusuoralla. Lawrence Livermore National Laboratoryn, LLNL:n, kanssa yhteistyössä tehtyjä Trident-kärjen koeräjäytyksiä oli takana jo viisi. Kaikki oli tehty Pahute Mesan alueella, ydinkoealueen luoteisosassa, jossa maan vavahtelusta häiriintyviä asuinalueita oli vähiten. Haittapuolena testihenkilökunnan kannalta oli, että testejä varten piti siirtyä sadan kilometrin päähän perusleiristä Nevadan Mercuryssä. Onneksi tarvittiin enää muutamia testejä laukaisun turvallisuuden varmistamiseksi ja itse räjähdyksen vaikutusten arvioimiseksi.

Rob oli saanut kunnian suorittaa koodinimen Midland taakse kätkeytyvän testipäivän tarkistuslaskelmat tänään, 16. heinäkuuta 1987, ja hän oli suorittanut tehtävänsä erityisellä huolellisuudella.

-...nolla.

20 kilotonnin TNT-räjähdettä vastaava räjähdys käynnistyi testiaseman kellon pysähtyessä aikaan 19:00:00.077.

YHDEKSÄN

Jossain jyrähti, ja lujaa. Heti perään kirkas välähdys valaisi näkökenttäni, vaikka silmäni olivat vielä kiinni. Ja heti perään pamahti uudelleen. Niin, että sänkyni vavahti. Ja sitten alkoi kuulua voimistuvaa kohinaa.

Avasin silmät ja näin kelloradion punaisella digitaaliradiolla lukemat 11:08. Sitten näyttö sammui.

Hetken mietittyäni muistin, että olimme Ranen kanssa Kanadassa. Muistin myös, että edellisiltana olimme tehneet lähibaarissa perusteellista tuttavuutta paikallisen markkinajohtajan, Labattin panimon tuotteisiin. Unirytmin siirtämiseen oli tullut panostettua uutterasti, varmaankin tusinan olutpullon voimin per kurkku. Nyt täytyi olla siis jo lähes puolipäivä. Mutta mitä oli tämä helvetillinen rytinä?

Sitten tajusin. Oli kuuma kuin päivällä, mutta silti pimeää kuin illalla. Kelloradion käytöksen perusteella sähköt olivat katkenneet. Ulkona täytyi siis riehua ukkonen. Ja kohina tuli luultavasti sateesta. Hetkinen? Sateesta?

- Rane! karjaisin.

- Hä?

- Äkkiä ulos, siellä sataa! Auton katto ylös niin kuin olisi jo! Kompuroimme farkkumme jalkaan ja liukastelimme kokolattiamatolla päällystetyt portaat alas respaan. Intialaismies yritti sanoa meille jotakin, mutta ryntäsimme hänen ohitseen ja ulos kadulle, jossa Le Baron kyyhötti rankasateen armoilla. Vesipisarat ponnahtelivat nahkapenkeiltä takaisin kymmenen sentin korkeuteen. Mikään taivaan synkissä sävyissä ei viitannut siihen, että kyseessä olisi vain ohimenevä kuuro. Viemärien imukyky alkoi jo olla koetuksella, vaikka sadetta oli tullut vasta muutaman minuutin.

- Miten tämä toimii? huusin Ranelle räplätessäni rättikaton koneistoa.

- Luulin, että sä kuuntelit ohjeet! tämä vastasi riuhtoen mekanismia mielipuolisesti omalla puolellaan autoa.

Äkkiä kattokankaan haitari aukeni, ja saimme kiskottua suojan jo pahasti kastuneen ajoneuvon ylle. Vesipisarat hakkasivat selkääni yhä kiukkuisemmin; niiden olomuoto alkoi vaikuttaa rakeilta. Vilkaisin taakseni kadulle – asfaltti oli jo peittynyt useamman senttimetrin vesikerroksen alle.

-Sisään autoon! Siirrytään myrskyn alta pois! huusin Ranelle, joka äyskäröi kämmenellään istuimille kertyneitä vesimassoja auton ulkopuolelle.

Chrysler hirnahti käyntiin. Survoin vaihteen silmään ja annoin etuvedon loiskauttaa meidät liikkeelle vesipatjan päälle.

- Minne sitten? huusin Ranelle kysymyksen ensimmäisessä risteyksessä.

- En minä tiedä! Yhtä saakelin Pohjanmaata koko lääni!

Käänsin nokan arviolta poispäin St Lawrence-joelta. Todennäköisyyksien mukaan maaston olisi pitänyt sinne päin olla nousujohteista.

Nousu, mikäli sitä oli, oli kuitenkin hyvin maltillista. Kaltaisemme, muut myrskyä pakoon lähteneet autoilijat pärskyttivät pienempiä ja isompia vesimassoja toistensa päälle, liukastellessaan pitkin Montrealin leveitä katuväyliä. Pyyhkijöiden vispausnopeus jäi auttamattoman ponnettomaksi sateen rummuttaessa säälimättömästi auton tuulilasia. Näkyvyys oli olematon, eikä sitä parantanut tosiasia, että myrsky oli pimentänyt puolet kaupungin sähköverkosta.

Salamat valaisivat näkymää hetkittäin ja auttoivat minua pitämään auton tiellä. Muun ajan yritin hahmottaa reittiä edessä ajavien perävalojen mukaan. Kaaressa sivuillemme lentävät vesipatsaat kasvoivat korkeutta, minkä täytyi tarkoittaa sitä, että kahlasimme koko ajan yhä syvemmällä vedessä. Ohitimme autoja, joiden matkanteko oli jo keskeytynyt moottoritilan liian H2O-pitoisuuden vuoksi. Le Baronin amfibio-ominaisuudet olivat minulle vielä täysi mysteeri.

- Varo! Rane karjaisi pelkääjän paikalta. Tässä vaiheessa "pelkääjä" tuntuikin luontevammalta kuvaukselta kuin termit "apumies" tai "vänkäri", joita olin myös kuullut kartturin puoleiseen istuimeen yhdistettävän. Vilkaisin huudon suuntaan. Vesiliirtoon lähtenyt, meistä katsoen kerrostalon kokoinen Ford F250 avolava-auto lähestyi Chryslerimme kylkeä sivusta päin "pylly-vasten-pyllyä-pum-pum" -tyylisesti kuin Fredi ikään. Ehdin nähdä kuljettajan cowboy-stetsonin alta hämmästyksestä ammottavan leipälävén, ennen kuin pick-upin perä töytäisi omaamme tielinjauksesta eriävään suuntaan.

Ajoharjoittelusta sileillä renkailla kotimaassa, niin syys- kuin talviolosuhteissa oli hyötynsä; sain kuin sainkin nopealla ohjausliikkeellä Le Baronin takaisin tielle. Taustapeilin välittämän, epäterävän kuvan perusteella Fordin kuski ei ollut yhtä onnekas. Ehdin jo odottaa näkeväni auton räjähtävän, mutta sitten tajusin, ettemme olleet Yhdysvaltain puolella – ainakin elokuvien perusteella sillä puolen rajaa kolaroivat ajoneuvot tuntuivat järjestäen possahtavan pirstaleiksi pienimmästäkin töytäisystä.

Sitten näin allamme joen - olin siis valinnut juuri väärän suunnan. Tässä tapauksessa se oli kuitenkin hyvä juttu; 49 metrin korkeudessa St Lawrence-joen ylittävä silta oli tällä hetkellä väylistä vähävetisimpiä. Jatkoimme pakomatkaamme sillan jatkeella, joka ainakin hetken myös kulki muuta maastoa korkeammalla. Tienvarsikylteistä ei saanut selvää. Toivoin vain, että Chryslerin täydellä käyttöasteella jo jonkin aikaa huiskutelleet tuulilasinpyyhkimet kestäisivät vielä hetken.

Rakennukset tien varrella alkoivat harventua ja madaltua, mikä viittasi löytäneemme tien ulospäin keskustasta. Rajut rae- ja vesikuurot moukaroivat katukuvaa kuitenkin täälläkin, eikä mikään viitannut myrskyn olevan laantumaan päin. Väistelin lyhtypylväitä, jotka olivat tuulen voimasta kaatuneet joko täysin tai osittain tielle.

- Pakko ajaa niin kauas, että pääsemme myrskyn alta pois, sanoin.

Rane piti oikealla kädellään yhä kiinni yläkahvasta ja tyytyi vain nyökkäämään.

- Tuliko sinulle lompakko mukaan? kysyin.

Rane nyökkäsi uudelleen. Lompakko oli jo vuosia sitten kasvanut kiinni hänen takataskuunsa, mihinkäpä se sieltä olisi hävinnyt.

- Hyvä. Passimme ovat myös kaulapussissani, jota en onneksi ottanut nukkumaan mennessäni pois. Eiköhän tässä pärjätä, kun vain tarpeeksi kauaksi ajetaan.

Ja kauas saatiinkin ajaa. Pahin myrskyalue oli jäänyt taakse, mutta uusia tuli eteen. Le Baron tuntui ehdottomasti parhaalta paikalta odottaa niiden ohimenoa, mutta muu liikenne pakotti samalla etenemään.

Jonkin ajan kuluttua autojono edessämme alkoi madella ja viimein pysähtyi.

- Mitäs nyt? Rane kysyi.

Samassa kuljettajan puolen ikkunaan ilmestyi kirkas valo ja siihen koputettiin päättäväisesti. Vastakkaisesta mielihalustani huolimatta ruuvasin ikkunaa auki.

- *Passports, please.*

KYMMENEN

- *Otra cerveza, por favor,* sopersi neloskannen reelinkiin nojaava, kolmekymppinen, tummahiuksinen mies Miguelin edessä. Hän oli selkeästi päättänyt ottaa kaiken irti all inclusive -luokan matkalipustaan. Palveluskuntaan kuuluvana Miguel nyökkäsi tälle tietenkin asiallisesti ja oli jo lähtemässä suorittamaan hakutehtävää, kun huomasi tämän paidan rintamuksessa pienen pinssin. Siihen oli kuvattu Kanadan lippu.

- *Usted viene de Canadá?* Miguel tiedusteli miehen kansallisuutta.

- *Perdón? No, no vengo,* tämä totesi katseen harittaessa kohti Migueliä. Mies ei siis ollut sittenkään Kanadasta, mutta osasi kaikesta päätellen espanjaa.

- Olette kuitenkin kovin kaukana kotoa, Miguel arvuutteli varovasti.

- Kyllä. Seitsemän tuntia.

- Autolla?

- Lentokoneella. Bostonista Los Angelesiin.

Mies joutui hakemaan espanjankielisiä sanoja ja käytti lyhyitä lauseita. Miguelia se ei haitannut, hän oli yhä innoissaan huomaamastaan pinssistä.

- Bostonin täytyy olla lähellä Kanadaa! Millaista siellä on?
- Bostonissa? Vai Kanadassa? Kylmää talvella. Kuumaa kesällä. Molemmissa.
- Täällä on aina lämmintä, Miguel sanoi hymyillen.
- Ja olutta, jatkoi mies vastaamatta hymyyn. – Vai onko?
- Toki, anteeksi, haen sitä heti!

Miguel haki lähimmältä baaritiskiltä limeviipaleella varustetun Corona-pullon ja ojensi sen kanadalaiselle. Sitten hän jäi odottamaan kesustelun jatkumista. Turisti tulkitsi odotuksen toisin ja kaivoi taskustaan ryppyisen dollarin setelin.

- Tässä, mies sanoi ojentaen rahan Miguelille. Tämä pani merkille vieraan kämmenen pahasti punoittavan ihon.
- Mitä? Ai, kiitos kovasti. Mutta oikeastaan halusin kysyä teiltä jotakin.

Mies nosti samean katseensa ja antoi ymmärtää odottavansa mainittua kysymystä.

- Miksi teillä on tuo Kanadan lippu?
- Tämä? Tyttöystäväni antoi sen.

Mies laski Corona-pullonsa reelingin viereiselle penkille ja ryhtyi irrottamaan pinssiä rintapielestään.

- Onko hän kanadalainen?
- On. Tai oli. Emme ole enää yhdessä. Hän vain päätti niin. Yhtäkkiä.
- Olen pahoillani... Miguel aloitti.
- *Hija de puta!* mies huutaa pärskäytti ja heitti irti saamansa pinssin kaaressa Tyyneen valtamereen. Molempien lennon seuraajien alitajuisesti odottamaa loiskahdusta ei kuulunut, vaan kevyt pinssi vain hävisi tuulen mukana jonnekin.

Seurasi hetken vaivaantunut hiljaisuus. Sitten Miguel päätti esittää mielessään pyörineen kysymyksen.

- *Señor?*
- Niin?
- Voisinko minä olla kanadalainen? Tarkoitan, olenko teistä kanadalaisen näköinen?
- Mitä? No... kyllä kai. Siellä on ihan kaikkia. Mustia, valkoisia... ranskalaisia, intialaisia, israelilaisia... Mies jäi odottamaan seuraavaa sanaa, mutta sana ei hakeutunut perille.
- Meksikolaisia? Miguel ehdotti.
- Ehkä, mies sanoi väsyneesti.
- Kuinka pääsen Kanadaan? Miguel paukautti seuraavan kysymyksen, ottaen riskin, että mies ilmiantaisi hänen laittomat muuttopuuhansa jollekulle. Mies odotti jälleen hetken, ennen kuin vastasi.
- Lentokoneella. Bussilla. Autolla. Kävellen. Miten haluat.

Sitten mies kääntyi selin ja teki selväksi, ettei jaksanut enää keskittyä vieraan kielen puhumiseen. Hänen suunsa oli tästedes varattu Corona-pullolle.

YKSITOISTA

Hämmentyneenä kaivoin passimme kaulapussistani ja ojensin ne kirkasta taskulamppua pitävän käden suuntaan.

- Suomesta? Lomalla vai töissä? ääni kysyi englanniksi.
- Öö...lomalla, vastasin.
- Milloin saavuitte Kanadaan?
- Eilen...
- Aiotteko palata?
- Palata? En ymmärrä...

Juuri silloin erityisen ikävä raekuuro rovahti kyselijän niskaan, ja tämä sai ilmeisesti tarpeekseen tuiverruksessa seisoskelusta ja selkeitä kysymyksiä ymmärtämättömistä haastateltavistaan.

- *Have a nice stay*, ärtynyt ääni sanoi ja passimme putosivat syliini kädestä, jonka keskisormessa näkyi ruskeanharmaa sormus. Sormuksessa vilahti teksti "Vermont" ja jokin vuosiluku. Taskulamppu siirtyi pois ikkunasta ja näin, kuinka käsi viittilöi meitä jatkamaan matkaa.

Veivasin ikkunan äkkiä kiinni ja tein työtä käskettyä. Sadan metrin päässä pyyhkijöiden välistä vilahti iso kyltti: "Welcome to the United States of America".

- Hetkinen? Ylitimmekö rajan? Sitäkö tuo äskeinen oli?

Yritin katsella taustapeiliin, mutta sade esti sielläkin suunnalla näkyvyyden.

- Vissiin, Rane vastasi.

- No hemmetin hemmetti! Nyt ollaan sitten aivan eri maassa kuin piti, ja vielä vuokra-autolla! Olisikohan tätä edes saanut viedä toiseen maahan?

- Kyllä seriffit sitten pysäyttää ja valaisee meitä, Rane totesi lakonisesti.

- Valaisusta puheen ollen, sanoin ja osoitin sormellani eteenpäin. Sade oli hellittänyt ja pilvirintama edessämme alkoi rakoilla vauhdilla. Myrskytuulen nopeus lienee ollut melkoinen, mutta niin oli myös kelin kirkastumisvauhti.

- Näyttää huomattavasti mukavammalta. Eiköhän jatketa eteenpäin jenkkilään, kun täällä kerran ollaan, ehdotin.

Aurinko alkoi kirjaimellisesti paistaa risukasaan; tien varren tiheät ryteiköt eivät nimittäin sanottavammin kutsuneet vierailemaan. Koska tie näkyi jatkuvan mailikaupalla lähes suoraan, annoimme aivojemme rauhoittua tulvamyrskykruisailun aiheuttamasta stressistä ja paahdoimme Le Baronin polttoainesäiliön sisällyksen voimin eteenpäin.

Se olikin vajentunut viime parituntisen aikana reippaasti, mutta antoi meille vielä hyvin aikaa etsiä paikkaa, jossa suorittaa sekä tankkaus- että rahanvaihtotoimenpiteitä. Kanadan dollarin arvo oli noin puolet yhdysvaltalaisesta virkaveljestään, mutta tuskin kävisi määrän tuplaamallakaan maksuvälineenä tällä puolen rajaa.

- Katsopa hanskalokeroa, jos siellä sattuisi olemaan jotakin karttaa, sanoin Ranelle.

Rane tonki kojelaudan alustaa ja löysi kuin löysikin hiirenkorville kääntyneen julkaisun Ontarion ja Vermontin osavaltioiden highwayverkostosta. Ilmeisesti vuokra-autollamme oli muulloinkin käyty retkillä rajan molemmin puolin. Hän silmäili karttaa hetken.

- No, löytyykö voittajaparillemme napakymppikohteita? kysyin kärsimättömänä.

- Ootas... oho! Woodstock! Rane vastasi hämmästyneenä.

- Mitä? Siis se oikea Woodstock?

Sen verran oli musiikkimaku minullakin viimeisen vajaan kymmenen vuoden ajan tapahtumien seurauksena laajentunut, että suomalaisen tanssimusiikin lisäksi olin tullut perehtyneeksi paitsi soittajana meksikolaisen ja irlantilaisen kansanmusiikin sekä espanjalaisen flamencon saloihin, kuuntelijana myös pop-musiikin rikkaaseen kirjoon. Vuoden 1969 kulttifestivaalit Woodstockissa kummittelivat mielessäni jonkinlaisena progressiivisen rock-musiikin pyhättönä. Monet, edelleenkin voimissaan olevat rock-musiikin suuruudet olivat esiintyneet kolmipäiväisessä tapahtumassa.

- Paljonko sinne on matkaa?

- Jotain toistasataa mailia vissiin, Rane vastasi karttaa käännellen.

- Eli parisataa kilometriä... eiköhän poiketa, kun tänne asti ollaan tultu! Mutta ensin pitää löytää joku paikka rahanvaihtoon.

Ranen onnistui keskittyä hetki kartanlukuun, ja löysimme kuin löysimmekin tiemme Burlingtoniin. Se oli riittävän suuri kaupunki, että siellä onnistui bensiinin lisäksi myös vatsojen tankkaus sekä valuutan vaihto.

Pidimme auton ovet ja katon auki hampurilaisia syödessämme, jolloin eri puolille keräytyneet kosteudet pääsivät höyrystymään takaisin taivaalle. Einestyksestä ja auringonpaisteesta piristyneenä starttasin polttoaine-täydennetyn kiesimme taas liikkeelle.

- Woodstock, täältä tullaan!

Paitsi, ettei tultu, ainakaan vielä. Kosteutta oli nimittäin kertynyt Le Baronin tankkiin sen verran, että auto ei käynnistynyt.

Burlingtonin kokoisesta kaupungista löytyi onneksi myös motellimajoitusta, vieläpä seuraavan kerran seuraavana aamuna auki olevan autokorjaamon vierestä. Motellin vastaanotossa oli iso seinäjuliste, jossa neljättä kertaa peräkkäin kaupungin pormestariksi vastikään valittu, väsyneen näköinen mies nimeltä Bernie Sanders toivotti vierailijat tervetulleeksi eläväiseen kaupunkiinsa. Vaihdoimme siis hampurilaiskokikset olueen ja jäimme illaksi seuraamaan, kuinka pikkukaupungissa ei tapahtunut mitään.

KAKSITOISTA

Lemmenlaivalla koitti jälleen uusi aamu. Miguel oli tällä kertaa värväytynyt töihin aamiashuoneeseen. Se oli hyvä paikka noukkia itsellekin evästä alkavaan päivään. Etenkin aamun ensimmäisinä tunteina buffet-pöytien parissa sai askarrella melko vapaasti, pikkutunneille juhlineen matkustajien enemmistön lojuessa vielä hyteissään.

Puoli yhdentoista maissa aamiaiselle könysi edellispäivän keskustelusta tuttu hahmo. Bostonin lahja risteilevälle maailmalle vaikutti sammuneen hyttiinsä melko aikaisin ja siten pelastuneen ehkä vielä pahemmalta kankkuselta. Hän ei ollut suotta vaivautunut vaihtamaan vaatteitaan, vaan saapui aamiaiselle samoissa pukineissa kuin eilen, astetta rypistyneempinä vain. Rojahdettuaan rottinkituoliinsa hän viittilöi Miguelin luokseen.

- *Jugo de naranja, por favor.*

Miguel nyökkäsi ja kävi hakemassa miehelle ison lasin appelsiinimehua. Tämä kulautteli sisällön kerralla kitusiinsa, röyhtäisi kuuluvasti ja vaikutti sitten tunnistavan Miguelin, joka oli jäänyt pöydän viereen odottamaan lisäohjeita.

- Hei, sinä! Minähän muistan sinut, mies sanoi. – Mies matkalla Kanadaan, eikö?

Miguel nyökkäsi jälleen. Niinhän hän oli. Matkanteko ei juuri nyt kuitenkaan vaikuttanut edistyvän kovin ripeästi.

- Etkä puhu englantia?

Miguel pudisti päätään.

- Entä ranskaa?

- *No sé*, Miguel vastasi totuudenmukaisesti. Eihän hän voinut tietää, puhuuko ranskaa, kun ei ollut päässyt koskaan edes yrittämään.

- Taidat olla tosissasi, mies totesi.

- *Sí, señor*, Miguel vastasi.

Mies katsoi Miguelia hetken ja otti sitten rintataskustaan taitellun paperin. Eilen punoittanut kämmen näytti nyt astetta pahemmalta. Iho oli halkeillut ja rakkuloilla. Miguelin katse siirtyi kuitenkin käden pitelemään paperipalaan.

- Tiedätkö, mitä tässä on?

Miguel pudisti päätään.

- Lentolippuni Los Angelesista Bostoniin. Lähtö ylihuomenna, pari tuntia satamaan saapumisemme jälkeen. Mutta arvaa mitä?

Miguel ei ryhtynyt arvauskisaan, vaan odotti, että mies jatkaisi.

- Minua ei huvita palata sinne. Ei huvita. Yhtään. Se kanadalainen nainen, muistatko? Hän jätti minut siellä. Meidän piti tulla tälle matkalle yhdessä. Meidän kahden. Vaan hänpä ei tullut.

- Olen pahoillani, mutisi Miguel, kun ei muutakaan keksinyt.

Mies laski lentolippunsa pöydälle ja huokaisi. Ilmeestä päätellen hänen päätänsä särki.

- Käypä hakemassa minulle kahvia.

- *Sí, señor*, Miguel vastasi jälleen ja lähti toimittamaan tehtävää. Lähimmän tarjoilupöydän termoskannusta kahvi oli

45

kuitenkin juuri loppunut, ja hänen täytyi käydä tankkaamassa se keittiön puolella.

Palatessaan termoskannu kädessään salin puolelle Miguel huomasi, että pöytä, jossa Bostonin-taakseen-karistaja oli juuri äsken istunut, oli nyt tyhjä. Miguel vilkuili ympärilleen, mutta ei nähnyt tyhjässä aamiaissalissa ketään. Myöskään ikkunan takana, ulkokannella ei näkynyt liikettä. Hän käveli pöydän ääreen siivotakseen siinä olevan mehulasin pois.

Lasin vieressä oli lentolippu.

KOLMETOISTA

Kadunvarsikyltissä luki "Woodstock Pharmacy, Founded 1853". Pieni apteekki oli siis ollut tässä jo toista sataa vuotta ennen syntymäämme. Meidän täytyi olla aivan Woodstockin ytimessä. Missään ei kuitenkaan näkynyt nostalgiahippejä pyörimässä saati rihkamaliikkeitä Woodstock-aiheista krääsää kaupittelemassa.

- Luulisi, että rauha ja musiikki jotenkin näkyisivät katukuvassa, sanoin Ranelle.

- Rauhallista on kyllä, tämä totesi.

Olimme käyttäneet aamupäivän automme bensiiniongelman hoitamiseen Burlingtonin parhaassa, ellei peräti ainoassa autokorjaamossa. Siellä ei kenelläkään ollut kiirettä, mutta eipä varsinaisesti ollut meilläkään. Sitten olimme ajaneet Woodstockiin luulemamme parin tunnin matkan sijasta huomattavasti pidemmän reitin, koska kartta oli Ranella ollut alkuun väärin päin kädessä.

Myöskään Woodstock ei vaikuttanut varsinaiselta toimintakeskukselta. Korkeintaan ikäihmisten sellaiselta. Tosin oli arki-ilta, ja useimmat liikkeet olivat jo sulkeneet ovensa tältä päivältä.

- Käydään jututtamassa apteekkaria, ehdotin ja pysäköin automme liikkeen eteen.

Jos kylän puoskari ei tiennyt, missä päin tuhansia ihmisiä oli vellonut täällä lääkkeiden vaikutuksen alaisina vuonna -69, niin ei sitten kukaan.

Rohtomyymälä oli pieni, ja apteekkari itse luultavasti itse sen perustaja. Harmaat kulmakarvat nousivat kysyvästi, kun nitisevän jousen paikalleen pamauttama ovi oli sulkeutunut takanamme.

- Iltaa, tervehdin ukkoa.
- Miten voin auttaa? tämä murahti tottuneesti.
- Etsimme Woodstockin festivaalialuetta.

Apteekkari korjasi laseja nenällään, huokaisi syvään ja vastasi:

- Jaha. Taas näitä.
- Anteeksi?
- 250 mailia tuohon suuntaan, äijänkäppänä tiuskaisi ja huitaisi kädellään jonnekin.
- Anteeksi? toistin.
- 250 mailia, sanoin. Ajakaa sen verran ja kyselkää sitten paikallisilta lisää.
- Eikö tämä olekaan se festivaali-Woodstock?
- Ei ole, ei. Piti olla. Mutta ei ole.
- Anteeksi? sanoin jo kolmannen kerran.
- No, eihän se teidän vikanne ole. Ne rikkaat nuoret äpärät halusivat kyllä järjestää konserttinsa täällä, mutta sopivaa paikkaa ei löytynyt. Maanomistajat olivat kaikki sitä vastaan. Voitteko kuvitella? Ja niin ne sitten pitivät juhlansa Bethelin kylässä, New Yorkin osavaltiossa, perhanat! 250 mailia täältä.
- Ja teitä suututtaa, koska...

- Se olisi ollut loistavaa mainosta tälle kyläpahaselle! Ja hyvää bisnestä minulle! Ja pitkään! Nyt tätä mainostetaan "Amerikan kauneimmaksi pikkukaupungiksi". Arvatkaa, kuinka monta sataa kyläpahasta väittää tasan samaa? Woodstockin festivaalit sen sijaan olisivat olleet jotakin ainutlaatuista!

Olimme vaiti. Ukkoa selvästi edelleen sapetti tällaisen kerran-elämässä-liiketoimintamahdollisuuden lipuminen sormista lähes parikymmentä vuotta aiemmin. Hetken mykkäkoulun jälkeen apteekkari avasi suunsa.

- Ostakaa jotain.

Se kuulosti enemmän käskyltä kuin pyynnöltä, joten annoin katseeni harhailla nopeasti apteekin hyllyillä, etsien jotain, mitä ostaa. Turhaan.

- Särkylääkettä, tuli Ranen vastaus puolestaan kuin apteekin hyllyltä.

Ostimme purkillisen vaarallisen näköisiä pillereitä ja poistuimme ripeästi kadulle. Apteekkari jäi mököttämään liikkeeseensä.

- No, eihän sitä koskaan voi onnistua, Rane totesi, kun istuimme Chrysleriin.

Otin hansikaslokerosta löytyneen kartan käteeni ja annoin sormeni kulkea umpimähkään pitkin Woodstockista poispäin johtavia teitä. Kartta vilisi paikannimiä, joista osa oli tutun kuuloisia.

- Lebanon... New London... Manchester... Boston...

Hetkinen, Boston? Nimi nosti mieleeni muistikuvan parin vuoden takaa. Aivan, Sevillassa tapaamani jenkkityttö Trisha - eikö hän ollutkin kotoisin Bostonista? Sikäli, kun muistin, meillä jäi jotakin kesken Espanjassa. Pitäisikö yrittää ottaa häneen vielä yhteyttä? Mahtoiko hän edes enää asua Bostonissa? Todennäköisesti pienessä vihreässä muistikirjassani, jota matkoillani mukanani kannoin, olisi vielä Trishan minulle antama puhelinnumero.

Näin jonkin matkaa edessämme kyltin, josta erottuivat kirjaimet B&B.

- Ehdotan, että nukutaan ensi yö tuolla bed&breakfast-paikassa ja ajetaan huomenna Bostoniin, ehdotin Ranelle niin muina miehinä kuin osasin.

- Ihan sama. Tuskin sieltäkään sitä tupakkaa saa.

NELJÄTOISTA

Miguel oli juossut lentolippu kädessään läpi koko vitoskannen, mutta bostonilaisesta ei ollut näkynyt vilaustakaan. Hän oli laajentanut etsintäänsä toisille kansille, mutta yhtä laihoin tuloksin. Muukalainen tuntui kadoneen koko laivalta. Kummallista oli myös, että lentolipussa mainittua nimeä ei ollut löytynyt koko laivan matkustajaluettelosta. Tosin purseri Smithin mukaan tämä ei ollut mitenkään tavatonta; laivamatkalle kirjautuneet pariskunnat eivät välttämättä olleet pariskuntia siviilielämässään. Romanttinen laivamatka saattoi olla kotona tehdyssä ilmoituksessa muuttunut muotoon "tylsä työmatka, rankkoja neuvotteluja iltamyöhään".

Ernesto kertoi nähneensä, kuinka risteilyaluksen viereen oli puolenpäivän maissa ajanut moottorivene, sen odottaneen hetken paikoillaan ja poistuneen sitten paikalta. Matkaa mantereelle ei ollut toki paljoa, mutta moinen visiitti oli herättänyt hänen huomionsa. Hän ei ollut kuitenkaan nähnyt, oliko esimerkiksi joku tai jotakin laskettu laivasta veneeseen sen odottaessa alhaalla.

Miguel oli napittanut lipun rintataskuunsa antaakseen piletin omistajalleen heti tämän nähdessään, mutta näin ei ollut käynyt seuraavaan vuorokauteen. Nyt Pacific Princess oli juuri rantautunut Los Angelesin matkustajasatamaan ja oli tehtävä päätöksiä.

Hetken mietittyään Miguel suuntasi henkilökunnan tiloihin ja hyvästeli orkesterin jäsenet. Nämä puolestaan keräsivät keskuudestaan kolehdin ja antoivat sen Miguelille.

- Taksimatkaan. Lentokentälle. Onnea matkaan!

Tuloportilla Miguel selvitti Ernestonin neuvomaa reittiä tiensä ohi tullitarkastajien, viiletti ulos satamarakennuksesta ja nappasi lennosta ensimmäisen vastaan tulleen taksin. Onneksi kuljettaja puhui espanjaa, joten Miguel sai pyydettyä kyydin lentokentän siihen terminaaliin, josta lennot Bostoniin lähtivät.

Kotimaan lennoilla ei kyselty edes henkilöllisyystodistusta, joten Miguel pääsi nousemaan Bostoniin suuntavaan koneeseen ongelmitta, "Dr. Bartolomé Ramirezin" nimeä kantavaa lentolippuaan näyttäen.

VIISITOISTA

- Kaksikymmentä? toisti kapteeni Haddock ja tuijotti käteensä saamaansa tulostenauhaa Alueen U7 maanalaisten sensoreiden ilmoittamista räjähdystuloksista.

- Kyllä, *sir*, vain kaksikymmentä, nieleskeli Rob.

Kapteeni Haddock oli Nevadan ydintestausasemalla suoritettavan Middleton-testin brittihenkilökunnan ylin valvova upseeri. Hän edusti kehitystyön tulosten loppukäyttäjää, Iso-Britannian kuninkaallista laivastoa. Hänen ansioluetteloaan komisti paitsi sotilasakatemian, myös ydinfysiikan alalta hankittu lopputboth. Hän, jos joku tiesi, että suoritetun testin voimakkuuden olisi pitänyt olla jotakin aivan muuta. Edelliset, Tridentin-ohjuksen taistelukärkeä koskeneet kokeilut olivat synnyttäneet jopa 110 kilotonnin TNT-räjähdystä vastaavan energian. Tämänkertaisella testillä oli tähdätty vieläkin suurempaan lukuun, aina 150 kilotonniin asti. Jotain oli nyt pahasti pielessä.

- Ja olette tarkistanut, ettei mittalaitteessa ole virhettä?

- Kyllä, ajoin heti itsediagnoosiohjelman, kun näin luvut, Rob vastasi.

Kapteenin ilme ei muuttunut, mutta hänen nopeasti sivusuunnassa liikkuvat pupillinsa paljastivat taustalla tapahtuvan, kiivaan ajatustyön.

- Kuinka moni tietää tästä? hän kysyi hetken kuluttua.
- Vain te, herra kapteeni. Tulin välittömästi luoksenne, kun lukema oli varmistunut.

Haddock katsoi nuorta fyysikkoa. Ei ollut epäilystäkään, etteikö tämäkin olisi ymmärtänyt, mitä tulostenauhalla näkyvän luvun täytyi tarkoittaa. Hän alkoi pukea tuolin selkämyksellä odottanutta asetakkia ylleen.

- Ei sanaakaan tästä muille tutkijoille. Jos joku kysyy arvioitanne suuruusluokasta, sanotte sen olevan toista sataa kilotonnia, mutta odottavanne vielä virallisia lukuja. Ymmärrättekö?

Rob nyökkäsi. Hikipisara tipahti hänen nenänpäästään samalla hetkellä, kun pienen huoneen ovi pamahti kiinni ripeästi paikalta poistuneen kapteenin takana.

Mahdolliset skenariot olivat kummunneet Robin selkäytimestä jo hänen kiikuttaessaan tulostietoja kapteenille. Joko pommi oli jäänyt suutariksi tai sitten joku oli onnistunut pienentämään primäärिräjäytykseen päätyneen plutonium-239:n määrää viidennekseen.

Ensimmäinen vaihtoehto oli pois suljettu, sillä hänhän oli itse tehnyt tarkistuslaskelmat ja tiesi niiden pitävän paikkansa. Jäljelle jäi siis jälkimmäinen vaihtoehto – ja samalla kysymys: *missä puuttuva neljä viidesosaa plutoniumista oli?*

KUUSITOISTA

Charleston House oli rakennettu jo vuonna 1835, mutta onneksi se oli matkansa varrella nähnyt jo muutaman remontin. Vaiherikkaan edellispäivän jälkeen olisimme Ranen kanssa kyllä nukkuneet sikeästi vaikka sikalassa, mutta tällä kertaa paikan ainoa töpselikärsään viittaava vivahde oli aamiaiseksi eteentyönnetyllä lautasella.

Majapaikan emäntä suositteli meille kovasti kävelyretkeä läheiselle Ottauquechee-joelle, mutta viimeistään ohje etsiä Elm Street -niminen katu sinne päästäksemme sai meidät jättämään patikoinnin väliin. Hyvin nukutun yön jälkeen emme kaivanneet minkään sortin painajaisia. Sitä paitsi ajoreitti kohti Bostoniin vieviä, isompia teitä seurasi kyseisen joen etelärantaa, joten saatoimme fiilistellä maisemia kätevästi avoautostamme käsin. Virtaavaa vettä olikin huomattavasti miellyttävämpää seurata omassa uomassaan kuin kadulla, tuulilasissa tai sisällä itse autossa.

Yhdysvaltain vahvasti siirtolaisperäinen tausta näkyi matkan varren paikan nimissä vahvasti. Nimiin yhtäläisyydet sitten loppuivatkin. "Lebanon" ei maisemiltaan juurikaan tuonut mieleeni Lähi-Itää; New Londonilta puuttuivat paitsi Big Benin kaltaiset, myös muut isoserkkuunsa viittaavat maamerkit; ja Manchesterista oli selvästikin turha yrittää löytää edes yhtä, auttavasti pelaavaa jalkapallojoukkuetta, saati sitten kahta.

Jonkin verran puolen päivän jälkeen saavuimme Bostoniin. Esikaupunkialueet, kuten ilmeisesti koko Yhdysvallat, oli rakennettu yksityisautolla liikkumiseen varaan. Monikaistaiset moottoritiet halkoivat näkymää eri korkeuksilla. Oikeasta liittymästä poistuminen olisi vaatinut meitä paljon parempaa paikallistuntemusta, mutta eipä meillä ollut erityisempää tietoa määränpäästämmekään. Niinpä luotimme siihen, että keskusta-alue tai edes jotakin kiinnostavaa kyllä löytyisi, kun tarpeeksi kauan ajeli. Bensa ainakin oli halpaa.

- Exit 16. Mennään tästä, Rane ehdotti. Aurinko porotti avoautoomme, ja oli ehkä ihan hyvä idea pitää pientä taukoa ajamisesta.

180 asteen kurvin jälkeen moottoritie muuttui nelikaistaiseksi kaduksi halki lähiön.

- Nyt kun vielä löytyisi joku halpa hotelli, voisimme vaikka majoittua, sanoin.

- Käykö tuo? Rane sanoi ja osoitti kymmenmetrisen tienvarsitolpan päässä törröttävää "Best Western"-kylttiä. Keltapohjaisen logon päällä kimaltelevan, punakeltaisen kruunun tarkoitus oli ilmeisesti luoda ketjuhotellista juhlallista vaikutelmaa. Ikävä kyllä maalailtua mielikuvaa latisti välittömästi kyltin takana lymyävä, nelikerroksinen betonirakennus.

Ulkoasu vaikutti toisaalta kuitenkin budjettiimme sopivalta, joten parkkeerasin auton murjun eteen ja marssimme sisälle varaamaan itsellemme huoneen. Kahden hengen huone toisesta kerroksesta järjestyi viidenkymmenen taalan seteliä näyttämällä. Kiipesimme pehmeällä kokolattiamatolla vuoratut portaat ylös kerrokseen ja asetuimme taloksi. Rane korkkasi minibaarissa kyyhöttävän Budweiser-pullon ja rojahti huoneen ainoaan nojatuoliin sitä litkimään.

- Odota hetki, haen respasta suolapähkinöitä, sanoin hänelle ja suunnistin takaisin alakertaan. Olin nähnyt siellä kolikkopuhelimen ja päätin koettaa onneani T:n kohdalle muistikirjaani aikoinaan tekemäni puhelinnumeromerkinnän suhteen. En kaivannut Ranea kommentoimaan säälittävää yritystäni.

Ladoin kolikoita koneeseen ja kiersin numerolevyllä muistiostani löytyneen numerosarjan.

"Tuut-tuut...tuut-tuut..." kuului kohta luurista. Olin jo aikeissa asettaa kuulokkeen takaisin hankaimensa, kun toisessa päässä yllättäen vastattiin.

- Hello? vanhemmalta kuulostava naisääni kysyi varovasti.

- Öh, iltapäivää, yritän tavoittaa Trishaa...

- Onko se Kalervo?

Säikähdin. Lausumani rallienglanti paljasti vastapuolelle varmasti heti, etten ollut paikallisia, mutta mistä hän tiesi nimeni?

- Olen kyllä.

- Trisha on puhunut sinusta paljon. Olen hänen äitinsä.

- Niinkö? Sepä... mukavaa, änkytin.

- Odota hetki, haen Trishan puhelimeen.

Pulssini kohosi – numero oli ollut oikea, ja Trisha vieläpä tavattavissa kotoaan! En ollut ennakoinut hermostuvani, mutta niin vain kävi. Miksi hän minusta oli äidilleen puhunut? Ja mitä? Seuraavat sekunnit tuntuivat piinallisen hitailta.

- Hei, Kalervo! Mitä kuuluu? kuului sitten puhelimesta.

- Hei, kiitos, hyvää ... arvaa, mistä soitan? Bostonista!

- Mitä? Olet täällä? Missä?

- Best Western-hotellissa, kaupungin eteläpuolella.

- Minä tiedän sen!

- Öh... mahtaisitko päästä käymään täällä?

- Haluaisin kyllä, mutta... minut vihitään huomenna!
- Olet menossa naimisiin? äimistelin.
- Niin, sinähän muistat, että seurustelin jo, kun tapasimme.
- Niin... no, onneksi olkoon!
- Kiitos.
Linja oli hetken mykkä. Sitten Trisha jatkoi:
- Kuule, ehkä ehtisin tulla katsomaan sinua. Olen todella kaivannut sinua ja luulin, ettemme enää tapaisi. Ennen vihkimistä... eli vaikka illalla, kahdeksan aikaan?
- Se... se olisi hienoa, sain sanotuksi.
- Best Western, niinkö?
- Niin, Exit 16 siltä ohimenevältä moottoritieltä.
- Okei, muistan paikan. Nähdään kahdeksalta!
Suljin puhelimen sekavin tuntein. En ollut oikeastaan odottanut saavani Trishaa edes kiinni. Sitten, kun olin, oli paljastunut, että hän oli puhunut minusta jopa äidilleen. Sen täytyi tarkoittaa jotakin. Seuraavaksi hän oli pudottanut pommin hääpäivästään, ja olin nollannut orastaneet ajatukseni, mitä ne sitten olivatkaan. Ja nyt hän oli ajamassa tänne, vaikka vihkiäisten piti olla huomenna! Oliko hän jättämässä sulhon alttarille? Mitä anoppi sanoisi? Pitäisikö vuokrata frakki? Kysymyksiä sinkoili päässäni, korvissani kohisi, ja minun oli pakko istua respan ruskealle nahkasohvalle tasaamaan hengitystäni.

SEITSEMÄNTOISTA

Kapteeni Haddock otti tukikohdasta kuittaamastaan Hummer-maastoautosta nopean radiopuhelun sadan kilometrin päässä sijaitsevaan, Nevadan testiaseman perusleiriin. Muutamalla kysymyksellä hän sai varmistuksen epäilyilleen.

- Sir, leirin työntekijät ovat kaikki olleet täällä viimeiset kolme viikkoa. Paitsi Amir Farzaneh, jonka täytyi lähteä kotiin viikko sitten.

- Amir Farzaneh? Mitä hän teki täällä?

- Hän toimi Rob Mitchellin avustajana, sir.

Perhanan perhana, kapteeni mietti. Britannian parlamentin ylähuoneessa käytiin juuri keskusteluja riskistä sille, että brittien omistamaa plutoniumia päätyisi ydinpolttoaineeseenkin liittyvään mustan pörssin kauppaan. Ylähuoneen lordit pyörittelivät muka-kohteliain sanakääntein sanallisia puukoja toistensa vatsoissa, tarkoituksenaan kysymyksillään lähinnä nolata valmistautumattomat vastaajansa. Ilmeisesti keskustelut eivät kuitenkaan olleet täysin sattumaa, vaan plutoniumvarkauksia osattiin Britanniassa jo odottaa. Ja nyt pelko oli todennäköisesti käynyt toteen. Jos jollakulla, niin Farzanehilla oli ollut tutkijan ominaisuudessa loistava tilaisuus päästä käsiksi testiä varten varattuun plutoniumerään, varastaa siitä 80% ja kuljettaa se mukanaan pois testiasemalta turvatarkastajien huomaamatta.

Nimestään päätellen tällä Amirilla oli todennäköisesti kytköksiä Lähi-Itään; Israeliin, Iraniin tai Irakiin. Aivan sama, mihin noista, Haddock manasi; jokainen valtio maksaisi huimia summia saadakseen käsiinsä ydinlatauksiin soveltuvaa ainetta.

- Selvittäkää välittömästi tämän Farzanehin olinpaikka. Hänet on pidätettävä tavattessa.

- Kyllä, sir.

- Ja hän saattaa olla aseistettu.

Ei ehkä ydinasein, mutta melkein, hän lisäsi mielessään.

KAHDEKSANTOISTA

Katsoin respan seinällä olevaa kelloa. Se oli ohittanut iltakahdeksan jo kauan sitten, mutta Trishaa ei vain näkynyt. Olin jo käynyt sanomassa Ranelle, että minulla oli asioita hoidettavanani, ja hän oli sen kummempia kyselemättä jäänyt hotellihuoneeseen kanavasurffailemaan ja tyhjentämään jääkaapin olutarsenaalia.

Trisha oli puhunut kahdeksasta. Hänen olisi pitänyt olla hotellilla jo aikaa sitten. Oliko tämä sittenkin häneltä vain julma käytännön jekutus? Tartuin kolikkopuhelimeen ja veivasin valintakiekolla samat numerot kuin aiemmin. Tällä kertaa numerosta vastattiin heti.

- Kalervo? kuului Trishan hengästynyt ääni.

- Kyllä, minä täällä... mutta missä sinä olet?

- Kotona! Oletko sinäkin? Oliko tämä sinusta muka jokin hauska pila?

- Nyt en ymmärrä...

- Ajoin Exit 6:sta Best Westerniin, mutta sinua ei näkynyt vastaanotossa. Kysyin, onko hotelliin kirjautunut ulkomaalaisia ja sain erään huoneen numeron. Menin sinne ja yllätin jonkun nuoren parin harrastamassa seksiä!

- No minä ja Rane ne kyllä emme olleet...
- Se oli hirvittävän noloa! Miten saatoit tehdä minulle niin?

Keskustelu oli siirtynyt aivan absurdille tasolle. Miten hän ei ollut huomannut minua? Miksi minä en ollut huomannut häntä? Tässähän minä olin respassa päivystänyt kuin terveyskeskuslääkäri. Sitten päässäni välähti.

- Hetkinen, sanoitko ajaneesi Exit 6:n lähellä olevaan Best Westerniin?
- No tietenkin, siellähän se on!
- Ei ei ei... meidän Best Westernimme on Exit 16:n vieressä! Ajoit väärään hotelliin!
- Mitä? Ei voi olla totta?! Huijaatko?
- En tietenkään! Voitko tulla nyt tänne?
- Kalervo, minut vihitään huomenna!
- No... onnea sitten vain... kai, mutisin.
- Hyvästi, Kalervo, Trisha niiskutti ja sulki puhelimen.

YHDEKSÄNTOISTA

- *Orava kutsuu kotkaa*, kuului radiopuhelimesta. Kapteeni Haddock nosti mikrofonin telineestään ja mietti, että oikeassa elämässä orava ei ikimaailmassa olisi niin tyhmä, että oikein varta vasten kutsuisi kotkaa aterialle. Sitten hän painoi tangenttia ja vastasi.

- Kotka kuulee.

- Sir, saimme selville Farzanehin olinpaikan.

- Selvä, kuuntelen.

- Amir Farzaneh on ostanut luottokortillaan lentolipun Los Angelesista Bostoniin. Matkustajaksi on nimetty "Dr. Bartolomé Ramirez", mutta maksutietojen perusteella meillä on syytä olettaa, että matkustaja on oikeasti Farzaneh.

- Mille päivälle se on ostettu?

- Tälle, sir.

- Helvetin seitsemäntoista! Mihin aikaan lento lähtee?

- Se on jo ilmassa, sir. Koneen pitäisi saapua Bostoniin kello 23:25.

Haddock vilkaisi rannekelloaan. Aikaeron vaikutus huomioiden hänellä olisi vielä puoli tuntia aikaa toimia. Hän oli kuitenkin Britannian kansalainen, joten hänen toimivaltuutensa täällä olivat rajalliset. Oli selvää, että Nevadasta hän ei Bostoniin tuossa ajassa ajaisi, mutta liittovaltion viranomaiset muodostivat laajan verkoston, josta oli Nato-liittolaisille varmasti saatavilla niin tuli- kuin vertaistukeakin.

- Pyytäkää virka-apua Bostonin FBI:ltä. Käyttäkää vaikka testausaseman päällikön nimeä, jollei muu auta. Dr. Ramirezin nimellä Bostoniin kello 23:25 saapuva matkustaja on pidätettävä välittömästi ja laitettava selliin odottamaan puolustusvoimain edustajaa. Saitteko?

- Sain, sir!

KAKSIKYMMENTÄ

Miguelia jännitti. Hän ei muistanut, oliko koskaan aiemmin ollut lentokoneessa, mutta lintuperspektiivistä Amerikan mannerta katsellessa vatsanpohjaa joka tapauksessa kouraisi. Hän oli onnistunut torkkumaan liki seitsentuntisesta lennosta osan, ja nyt kaarrettiin jo iltapimeässä Loganin kentän näkymättömään lähestymisputkeen. Korkeuden nopea menettäminen selitti osan vatsalaukun tuntemuksista; etenkin, kun alapuolella näkyi vain mustaa merta.

Sivuikkunasta silloin tällöin pimeydestä erottuva meren pinta lähestyi uhkaavaa vauhtia. Miguel oli varma, että kohta rysähdettäisiin veteen. Hän vilkaisi hermostuneesti kanssamatkustajiaan, mutta nämä eivät näyttäneet olevan väistämättömältä haaksirikolta vaikuttavasta tilanteesta moksiskaan.

Samassa kone tärähti ja Miguel kääntyi katsomaan uudestaan ikkunasta. Aaltojen sijaan näkymässä vilahtivat nyt asfalttisen kiitotien valot. Miguel huokaisi syvään ja antoi pulssinsa tasaantua – laskeutuminen oli onnistunut sittenkin. Loganin pisintä, 33L-kiitorataa vain lähestyttiin meren yltä.

Kohta koneen siivekkeet aloittivat voimakkaan jarrutuksen, ja pian kone rullasi kohti yhtä valaistuista terminaalirakennuksista. Hätäisimmät matkustajat irrottivat jo turvavöitään, vaikka niiden käyttöpakosta ilmoittava merkkivalo vielä paloi. Joku alkoi jo kaivella matkatavarahyllyltä omaisuuttaan, vaikka kone vielä liikkui ja kääntyili. Lentoemäntä yritti epätoivoisesti saada kärttyisiä matkustajia vielä istumaan.

Miguelilla ei ollut aavistustakaan, mitä hän Bostonissa tekisi. Toistaiseksi hän antoi vain tässä tapahtumavirrassa ajelehtivan ajopuun viedä häntä mukanaan. Seuraamalla muita matkustajia asiat varmasti järjestyisivät.

Viimein kone pysähtyi ja merkkivalot sammuivat. Alkoi kiivas matkatavaroiden nostelu hyllyiltä keskikäytävälle. Kyynärpäät kolahtelivat ohimoihin, takamukset tarjoilupöytiin ja anteeksi pyydeltiin. Toimintatila oli isokokoisille amerikkalaisille aivan liian ahdas. Ilmastointi sammui, ja lämpötila koneen sisällä nousi hetkessä sietämättömäksi. Ihmiset kurkistelivat hikisinä ja harmistuneina käytävän etuosaan; miksei jono jo liikkunut?

Viimein ovi avattiin ja etuosan matkustajat pääsivät purkautumaan tuloputkeen. Kuutosrivin eläkeläispariskunnalla oli hankaluuksia monien laukkujensa kanssa, ja sekä jono että tunnelma heidän takanaan alkoi tiivistyä. Kuumiin lämpötiloihin tottunut Miguel seurasi ähellystä osin huvittuneena, osin kummastuneena – mistä johtui näiden ihmisten kiire ja kärsimättömyys? Kotona Meksikossa vastaava odottelu olisi vain ollut sponttaanin juhlan paikka.

Joku odotteluun tuskastunut matkustaja tarjosi eläkeläisparille apuaan, jonka he kiitollisina ottivatkin vastaan. Jono lähti liikkeelle ja pian oli myös Miguelin vuoro nousta kasseineen käytävälle ja etenemään ulos koneesta.

Ilma tuloputkessa oli kuumaa, mutta liikkui sentään enemmän kuin koneessa. Miguel laahusti vuorollaan putkea pitkin ylöspäin, kohti terminaaliin johtavaa lähtöportin ovea. Hän päätti kiittää ystävällistä lentoemäntää vielä ovella matkasta.

Oviaukon luona seisoi kuitenkin ystävällisen lentoemännän sijasta kaksi tuimailmeistä mieshenkilöä. Kun Miguel saapui heidän kohdalleen, toinen näistä nosti kätensä hänen eteensä pysähtymisen merkiksi.

- Doctor Ramirez? mies kysyi tiukasti.

Miguel pelästyi ensin jääneensä kiinni passittomana maahantulemisesta, mutta sitten hän muisti lentolippuunsa kirjoitetun nimen.

- Sí, hän vastasi, ja samassa toinen miehistä sujautti hänen ranteisiinsa käsiraudat. Nimen kysyjä jatkoi jollakin lisäpuheella, josta Miguel ei saanut selvää, mutta viestin perillemenon tehostamistarkoituksessa esiin ilmestynyt virkamerkki ja käsiase eivät rohkaisseet häntä pyytämään puheen tulkaamista espanjaksi. Käsiraudoista kiinni pitävä mies nykäisi rautoja kovakouraisesti sen merkiksi, että oli aika lähteä. Häkeltynyt Miguel ei osannut tehdä muuta kuin totella.

KAKSIKYMMENTÄYKSI

- Otatko oluen? kysyi Rane irroittaen katseensa hetkeksi televisiosta, kun viimein palasin hotellihuoneeseen. Pudistin päätäni. Televisiossa kolme värikkäästi pukeutunutta lihaskimppua mätki toisiaan nyrkkeilykehää muistuttavassa kehikossa ja yleisö reagoi epäaidon näköisiin manöövereihin suurella tunteella. Mittelö muistutti kummallisuudessaan omassa päässäni hetki sitten käytyä, joten pystyin samaistumaan näkymään täydellisesti. Absurdi väkivaltaurheilu-show vei hetkeksi mukanaan.

- Käydään mieluummin etsimässä iltapalaa Bostonista, nyt kun täällä ollaan, ehdotin, kun havahduin takaisin todellisuuteen.

Rane nousi nojatuolista, napsautti kaukosäätimestä töllön pimeäksi ja lähti kävelemään ovea kohti. Tulkitsin liikesarjan myöntäväksi vastaukseksi ehdotukselleni ja painelin Ranen perään käytävään. En ajatellut kertoa hänelle äskeisestä puhelinepisodista mitään. En olisi edes tiennyt, mistä aloittaa.

Chrysler seisoi hotellin pimeällä pihalla samassa paikassa, johon olin sen tullessamme jättänyt.

- Ruoka kyllä maistuisi, Rane sanoi.
- Eiköhän etsitä sitten keskusta. Luulisi sieltä jonkun ravintolan löytyvän.

Kone käynnistyi iloisesti ja hetken päästä sompailimme avoautollamme jo kahdeksankaistaisilla moottoriteillä, yrittäen päätellä tienvarsikylteistä jotakin sijainnistamme.

- Huuda, kun näet jossakin sanan "center", pyysin.
- Mitä huudan?
- Vaikka "center!"
- Center!
- Juuri niin.
- Eiku center!
- No niin juuri, oikein hyvä.
- Eiku tuolla! kivahti Rane ja osoitti sormellaan monikaistaisen tieosuutemme oikeaa laitaa. Siellä olevassa kyltissä tosiaan vilahti sana "center". Käänsin rattia oikealle ja loikin kaistojen yli välittämättä sivultamme kuuluvista tööttäilyistä. Vauhtia oli kuitenkin liikaa.

- Samperi, missasin! manasin, kun sujahdimme viimeisen liikennejakajan väärältä puolelta. Keskustaan vievä kaista näkyi enää taustapeilistä.

Olimme kuitenkin vaihtaneet seuraavaksi tielle eriytyvälle kaistalle ja ajoimme sitä pitkin ulos edelliseltä moottoritieltä, ennen kuin huomasimmekaan.

- Minne tämä nyt sitten menee? Rane kysyi.
- En tiedä, mutta vähään aikaan ei taideta suuntaa muuttaa, vastasin nähdessäni, kuinka ajokaista ohjasi suoraan säkkipimeään tunneliin. "I90" luki kaistan päällä ja nuoli osoitti pahaenteisesti alaspäin.

Meren alla kulkeva tunneli jatkui kolmen kilometrin verran, eikä sieltä ollut poispääsyä ennen sen loppumista. Päätin ohjata I90-tieltä pois heti, kun se vain olisi mahdollista.

Tilaisuus tarjoutuikin kohta maan pinnalle palattuamme. Käännyin tieltä pois vievään luiskaan ja yritin katuvaloista hahmottaa kulkusuuntia. Oli jo lähes puoliyö, mutta liikennettä tuntui yhä riittävän.

Kohta tajusin kääntyneeni paikalliselle lentokentälle vievälle huoltotielle. Olin kuullut, että suurten kansainvälisten lentokenttien tieverkostoista ulospääseminen saattoi viedä viikkoja.

- Hemmetin hemmetti. Kai täällä nyt jossain pääsee käätymään? mietin ääneen.

- Aja tuonne Terminaali D:n eteen, eiköhän sieltä pääse.

Käänsin auton Ranen sormen osoittamaan suuntaan. Hetken oikomisten ja ei-niin-ortodoksisten kaistaylitysten jälkeen pääsin kuin pääsinkin parkkeeraamaan automme terminaalirakennuksen eteen. Paikalla oli pari poliisiautoa henkilökuntineen, mutta heitä ei onneksi näkynyt kiinnostavan se, mistä ja miten paikalle ilmestyimme. Sen sijaan he seurasivat kämmenet aseenperillä kolmen hengen seuruetta, joka tuli juuri ulos asemarakennuksesta. Kaksi laitimmaista, hymytöntä miestä retuutti välissään kolmatta, käsiraudoilla varustettua, hyvin ruskettunutta mutta samalla hyvin hämmentyneen oloista hahmoa. Viereisen poliisiauton takaovi avattiin valmiiksi tulijoille.

Kolmikon reitti autoon vei aivan editsemme. Juuri kohdallamme raudoitettu nuorimies loi katseensa tuulilasin läpi meihin. Sekä Ranen että oma leukani loksahtivat auki samanaikaisesti kuin synkronointiuimareilla.

- Teppo! meiltä pääsi ääneen yhtä samanaikaisesti.

KAKSIKYMMENTÄKAKSI

Yritin koputtaa poliisiauton sivuikkunaan, mutta terminaalin edessä vielä seisovat poliisit vetivät minut kauemmaksi autosta.

- Teppo! Päästäkää hänet! huusin, mutta auto, johon kolmikko oli astunut, vilkutti lähtemisen merkiksi ja kaasutti liikkeelle. Raudoitettu nuorimies katsoi perääni silmät suurina.

Juoksin takaisin Le Baroniin, jossa Rane yhä ilmeenkään värähtämättä odotti.

- Lähdetään perään! Näithän sinäkin, että se oli Teppo? huusin.

Rane nyökytti päätään.

- Ei jumalauta, oli hänen viiltävä analyysinsä tapahtuneesta.

- Sen täytyi olla Teppo! Mutta miksei hän vastannut meille? Aivan kuin hän ei olisi ymmärtänyt, mitä sanoin! vaahtosin.

- Koeta nyt vaan pysyä tiellä, Rane sanoi. – Katsotaan, mihin sitä viedään.

Riehumiseni kentällä oli todennäköisesti herättänyt varjostamamme autokunnan huomion, joten kaasun höllääminen ja takanatulevaan liikenteeseen sulautuminen saattoi olla turhaa, mutta tein sen silti. Yön pimeys tuli onneksi avuksemme. Kohta poliisiauton meno rauhoittui, joten olimme jopa saattaneet saada sen uskomaan jättäneemme takaa-ajon sikseen.

Kun poliisien pirssi pysähtyi poliisiaseman oloisen rakennuksen eteen, parkkeerasimme Chryslerimme edelliseen kadunkulmaukseen ja jäimme katsomaan lastin purkua. Teppo - tässä vaiheessa olimme jo varmoja, että näkemämme nuorimies todella oli kuusi vuotta aiemmin Meksikon-matkallamme Acapulcon aaltoihin pudonnut orkesterimme kitaristi, jonka luulimme kuolleen – ja hänen saattajansa nousivat portaat poliisiaseman jykeville parioville ja poistuivat näkyvistämme sisälle rakennukseen.

- Mitäs nyt? Rane kysyi.

- Mennään sisään ja kysytään, miksi kitaristimme on raudoitettu kuin jokin ihmissusi. Me emme ole tehneet mitään väärää, ja meillä on oikeus tietää. Sitä paitsi poliisihan on ystävä.

Näin teimme. Sisällä asemalla oli rauhallista; olihan jo puoliyö. Juuri saapunut kolmikkokin oli arvatenkin poistunut johonkin kuulusteluhuoneista. Palvelutiskin takana meitä katseli Hill Street Blues -sarjasta tutun Phil Espositon näköinen mies.

- Miten voin auttaa teitä? hän haukotteli äänensävyllä, josta ei juuri erottanut kysymyksen sanamuodon olettamaa empatiaa.

- Tänne tuotiin juuri äsken nuori mies, joka on ystävämme.

Espositon katse valpastui ja hän laski vaistomaisesti kätensä oman aseensa kahvalle.

- Tunnetteko hänet? Miksi? Miten?

- Olemme samasta bändistä!

- Bändistä? kysyi Esposito kulmat kurtistuen.

- Niin! Suomesta!

- Suomesta? Espositon toinen kulmakarva nousi uteliaasti ylös, toisen jäädessä uhkaavasti alas.

- No, siitä on kyllä aikaa... mutta meidän täytyy puhua hänelle... seuraavasta keikasta, yritin sepittää.

Esposito huokaisi väsyneesti ja nosti kätensä aseensa perästä. Ilmeisesti hän oli analysoinut meidät harmittomiksi tapauksiksi.

- Olette siis suomalaisia? Lomalla, otaksun?

- Kyllä.

- Onko teillä majapaikka täällä Bostonissa?

- Öö... kyllä, Best Western -hotellissa.

- Exit 6:n vieressä? Esposito kysyi.

- Ei, vaan Exit 16:n. Se toinen Best Western -hotelli, korjasin.

Rane katsoi minua kysyvästi. Sivuutin katseen.

- Meidän tietojemme mukaan kaverinne on Lähi-idästä ja erittäin vaarallinen. Nyt te väitätte, että hän on Suomesta ja korkeintaan erittäin musikaalinen.

Kuulostihan se sekopäiseltä, myönnettäköön. Esposito vaikutti kuitenkin ottavan meidät jotensakin selväjärkisinä.

- Selvitän tuon Suomi-jutun. Menkää hotelliinne nukkumaan ja odottakaa soittoamme. Kerromme sitten lisää.

Jäimme automaattisesti odottamaan, että kaveri lisäisi vielä jotakin tyyliin "...and hey! Let's be careful out there", mutta poliisiviranomainen edessämme oli jo keskittynyt kirjallisiin tehtäviinsä.

KAKSIKYMMENTÄKOLME

Miguel yritti turhaan nähdä poliisiauton taakseen jättämiä hahmoja, tiukkailmeiset viranomaiset molemmin puolin rajoittivat liikkumatilan takapenkillä olemattomaksi. Hän ei ymmärtänyt viimeisen viiden minuutin tapahtumista mitään, mutta kaiken sekamelskan keskeltä jotakin yritti selvästi työntyä esille hänen aivoistaan.

Keitä nuo nuoret miehet olivat, jotka olivat hakanneet auton ikkunaa? Heidän piirteensä eivät olleet meksikolaisia eivätkä täkäläisiä, vaan outoja, mutta samalla jollakin tavalla tuttuja. Ja mitä he olivat huutaneetkaan? Tep..? Top...? Teppo? Teppo! Sana ei ollut tarkoittanut hänelle ensin mitään, mutta kasvoi nyt hänen päässään koko ajan suuremmaksi. Se tuntui nuijivan lekan tavoin auki sitä muistiosaston umpeennaulattua ovea, josta jotakin oli pyrkimässä ulos. Miguel sulki silmänsä ja yritti keskittyä kaiken hänen päänsä sisällä vellovan hälyn keskellä muistamaan.

KAKSIKYMMENTÄNELJÄ

Päivystimme Ranen kanssa yön vuorotellen Best Westernin vastaanotossa siltä varalta, että Phil Espositon oloinen poliisivirkailija luvatusti soittaisi ja kertoisi, mitä henkiin heränneelle kitaristillemme Tepolle kuuluisi.

Aamun valkenemiseen oli enää pari tuntia, mutta soittoa ei kuulunut. Sen sijaan noin viiden aikaan pariovet liukuivat auki ja respaan puuskutti hikinen, vaaleanharmaaseen, kaksiriviseen pukuun sonnustautunut, pyöreäkasvoinen mieshenkilö. Hän kysyi jotakin vastaanottovirkailijalta, joka viittilöi sormellaan meidän suuntaamme. Mies käveli hengitystään tasoitellen luoksemme.

- Sam Makkonen, terve. Asianajaja, mies esittäytyi selvällä suomen kielellä ja tyrkytti kättään vatkattavaksi.

En tarttunut siihen, vaan odotin, että Makkonen jatkaisi selittäen, miksi oli pelmahtanut paikalle.

- Kröhöm, niin. Tehän lienette herrat Lahdenmäki ja...

- Sano Raneksi vaan, Rane murahti.

- Aivan. Ja kävitte viime yönä poliisiasemalla?

- Näin on. Tiedätkö jotain Teposta?

- Tarkoitatte sitä Lähi-idän terroristia, jonka epäillään ryöstäneen Iso-Britannialle kuuluvaa ydinasemateriaalia?

Katsoimme Ranen kanssa toisiamme hölmistyneinä. Makkonen huomasi hämmästyksemme ja kiirehti selittämään.

- Niin, ei olisi ehkä pitänyt sanoa tuota, mutta sellainen tuntuu olevan syyttäjän näkemys.

- Syyttäjän? puuskahdin.

- Ai, ei ehkä olisi pitänyt ilmaista asiaa noin, mutta kyllä, ystäväänne epäillään sekaantumisesta aikamoiseen soppaan. Ydinaseet ja kaikki, huh sentään! Makkonen pyöritteli silmiään.

- Hetkinen nyt. Kyseessä on Teppo eikä mikään terroristi!

- Niin, aivan, eipä nyt nimitellä syyllistä ennenaikaisesti.

- Syyllistä?!

- Siis ehkä tuli nyt tehtyä huono sanavalinta... tarkoitan, että syytönhän hän tietenkin on, kunnes toisin todistetaan.

Sam Makkonen alkoi vaikuttaa nimensä veroiselta lipsauttelijalta. Suusta pääsi kuin liukuhihnalta ulos jos jonkinlaista rupikonnaa.

- Kertokaapa hiukan tästä Teposta, Makkonen pyysi ja helpottui, kun pääsi hetkeksi kuuntelijan rooliin.

- Noh, meillä oli tuossa vuosikymmenen alussa tanssiorkesteri, jolla kiersimme tanssilavoja ympäri Suomen. Humppaa, tangoa, valssia, jenkkaa. Minä soitin harmonikkaa...

- ...ja ihmiset oli kummissaan? lipsautti Makkonen.

- Häh?

- Anteeksi, jatka vain.

- Niin... Rane tässä oli basistimme ja eräs Pena rumpalimme. Teppo soitti kvartetissamme kitaraa, jatkoin bändiesittelyä välittämättä keskeytyksestä.

- Ja hyvin soittikin, Rane säesti.

- Sitten saimme keikan ulkoministeriöön ja homma lähti jotenkin lapasesta. Meidät nimitettiin kulttuurilähettiläiksi johonkin Etelä-Amerikkaan, mutta päädyimmekin Meksikoon ja yhtäkkiä haitarilaukustani löytyi joitakin patsaita ja saimme peräämme FBIn tai jonkun, ja tuli ajeltua sinne tänne ja ihan ihme mariachikeikkoja...

- Mariachi? Sehän on se huume? Makkonen kysyi.
- Eikä ole, vaan meksikolaista kansanmusiikkia! Aivan hirveää kuunnella, mutta ihan ok soittaa, Rane korjasi.
- Aivan... ja miten tämä liittyy Teppoon? Makkonen tiedusteli varovasti.
- No, Acapulcossa Teppo putosi kalliolta mereen, pudotus oli varmaan kymmeniä metrejä. Ei sellaisesta voi selvitä hengissä. Tai niin ainakin luulimme, tähän päivään asti.
- Siis milloin tuo tapahtui?
- Olisiko siitä nyt kuutisen vuotta. Ja muutama tunti sitten Tepon naama oli yhtäkkiä tuulilasissamme.
- Aivan..., Makkonen tyytyi toteamaan häkeltyneenä. Sitten hän muotoili varovasti kysymyksen.
- Ja mitä huumeita tällä hetkellä vedätte?
- Jumalauta! ärähti Rane ja kävi kiinni asianajajan kravattiin. Ryntäsin irrottamaan Ranen otteen.
- No kuulostaahan tuo toki oudolta, mutta näin se vain meni. Olemme varmoja, että tänään näkemämme kaveri oli Teppo. Eikä hänellä taatusti ole mitään tekemistä ydinaseiden kanssa
- Ok, hyvä on, jos niin kerran sanotte, totesi Makkonen suoristaen kravattiaan.
- Ja miten sinä puolestasi tänne ilmestyit? kysin häneltä vuorostani.
- Poliisipiiristä soitettiin keskellä yötä ja kyseltiin suomen kielen taitoista asianajajaa haastattelemaan vankia. Siis tarkoitan Teppoa. Ja tadaa! Tässä ollaan, Makkonen hymyili levittäen käsiään.
- Ja olet nyt menossa sinne?
- Ei vaan tulossa. Postipankista mein...

- Mitä? Kävit siellä jo? Etkä sanonut mitään? Miten Teppo voi? keskeytin Makkosen TV-mainosimitaation alkuunsa.

- No katsokaas, kun sitä onkin vähän hankalampi sanoa.

- Miten niin? tivasin.

- Kävin siellä ja yritin puhua tälle terroris... siis Tepolle suomea, mutta hän vain tuijotti minua suu auki. Silmät vain vilkkuivat kuin tasoristyksen valot ennen junan tuloa. Kaveri vaikutti minusta lähinnä mielenvikaiselta. Tai ehkä muusikolta, nyt kun sanoitte.

Kuuntelimme kertomusta sanattomina. Makkonen jatkoi:

- Yritin sitten englantia, mutta sekään ei mennyt perille. Minuakin monologi alkoi turhauttaa, joten päätin lähteä pois. Töksäytin ovelta vielä *"hasta la vista, baby"*, johon tämä veijari yllättäen reagoi, vastaamalla jotakin kohteliaan kuuloista, ilmeisesti espanjaksi. Sekään ei oikein sopinut Lähi-Itä-kuvaelmaamme, joten neuvoin virkailijaa antamaan tehtävän jollekulle espanjan kielen taitoiselle.

- Tapaus jäi kuitenkin vaivaamaan. Poliisiaseman henkilö kertoi teidän käyneen asemalla aiemmin tämän Suomi-tarinan kanssa, joten päätin etsiä teidät käsiini.

- No vaivaa se meitäkin. Luuletko, että pääsisimme porukalla haastattelemaan häntä?

- No minun ei tietysti pitäisi sanoa tätä, mutta kun poliisiasemalla livauttaa viisikymppisen sopivaan käteen, niin siellä pääsee kyllä minne vain, Sam Makkonen myhäili ja napautti merkitsevästi nenäänsä.

Me emme elettä kuitenkaan nähneet, sillä olimme jo matkalla automme luo.

KAKSIKYMMENTÄVIISI

Amir Farzaneh vilkaisi vielä kerran moottoriveneen peräaallokon suunnassa näkyvän Lemmenlaivan siluettia. Vaikutti siltä, että kukaan ei ollut lähtenyt seuraamaan venettä, joka oli vihdoin hakenut Farzanehin lasteineen pois laivalta. Keskellä kirkasta päivää, niinhän sanonta röyhkeästä rikoksesta kuului. No, päivä ei paljoa Baja Californian niemimaan edustan pilvetöntä merimaisemaa kirkkaammaksi voinut tulla. Eikä Amirin suorittama varkaus juuri röyhkeämmäksi. Eli sikälikin matka eteni varsin loogisesti.

Nyt, kun se vihdoin eteni. Viikon odotus lomailevia, sikarikkaita amerikkalaisia vilisevässä ökyaluksessa oli ollut Amirille henkisesti raskasta, mutta se oli selvästi toiminut. Kukaan Britannian ydinaseohjelman liikkeellepanemista etsintäjoukoista ei ollut osannut etsiä häntä moisesta ympäristöstä, jos ydinpolttoaineen katoaminen olisi havaittu ennen testiräjäytyksen ajankohtaa.

Kaikki ei kuitenkaan ollut sujunut täysin suunnitelmien mukaisesti. Plutonium-säiliö vuoti. Ei paljon, mutta riittävästi. Oleskelu radioaktiivisen matkatavaran läheisyydessä oli jo alkanut saada aikaan muutoksia Farzanehin elimistössä. Ihon punoitus oli saanut seurakseen päänsärkyä ja pahoinvointia, joka oli tosin ollut helppo naamioida liiallisesta alkoholinkäytöstä johtuvaksi. Se onneton meksikolais-kanadalais-mikälie-matruusikin oli uskonut hänen näyttelemisensä täysin. Ja tulisi kaupan päälle auttaneeksi Amirin täydellisessä katoamisessa vielä hänen pöydälle jättämänsä lentolipun muodossa, jonka Amir tiesi nuorukaisen käyttävän.

Huolimatta moottoriveneeseen tuntuvan tuulen viilentävästä vaikutuksesta Amir hikoili voimakkaasti, ja olo tuntui jälleen kurjemmalta kuin muutamaa tuntia aiemmin. Veneen kuljettajaksi palkattu meksikolainen pikkurikollinen ei kuitenkaan kysellyt mitään, vaan jatkoi veneen ohjaamista kohti sovittua rantautumispaikkaa Tijuanan eteläpuolella, Baja Californian niemimaan ruskeanharmaiden rantakallioiden suojassa.

Plutoniumista saamansa rahasumman avulla Amir uskoi pystyvänsä häipymään huomaamattomasti vaikkapa Havaijille ja elelevänsä siellä mukavasti loppuelämänsä, yksitoikkoisen tutkijantyön taakseen jättäneenä. Ja jos sukulaismiehet Lähi-idässä päättäisivät käyttää hänen toimittamaansa matkamuistoa, Havaijilta sienipilviä ei edes hahmottaisi.

Rantaviiva kivikkoineen lähestyi kovaa vauhtia. Pian vaahtopäiset aallot kohisivat joka puolella veneen ympärillä, ja kuljettaja viittoili Amirille sen merkiksi, ettei pääsisi veneellään lähemmäksi nurmimättäiden laikuttamaa hiekkarantaa. Amir hyppäsi polvenkorkuiseen meriveteen ja kahlasi parinkymmenen kilon kantamuksensa kanssa loput 50 metriä kuivalle maalle. Veneen kuljettaja viittasi häntä jatkamaan eteenpäin, käänsi veneensä ja kaasutti pois, kohti kauempana siintävää kylää.

Rannalta ylös johtavan polun päässä odotti musta maastoauto. Amir retuutti lastinsa sen luo ja odotti, että sen tummentuilla laseilla varustettu takaovi avautui. Parrakas, hymytön arabi nousi autosta, käveli Amirin eteen, nosti puuvillapaitansa kätköistä esiin käsiaseen ja käänsi sen piipun osoittamaan kohti Amiria.

- Älä ammu! Amir huusi kauhuissaan. Hän ei niinkään pelännyt oman henkensä puolesta – radioaktiivisen aineen aiheuttamat muutokset hänen kehossaan olivat jo pysyviä eikä parannuskeinoa olisi – vaan sitä, että plutoniumsäiliöön osuva laukaus käynnistäisi fissioreaktion. Ostajan edustaja hänen edessään ei selvästikään ollut saanut koulutustaan ydinfysiikan alalta. Amir osoitti tyypille kansainvälisin käsimerkein, mitä aseen varomattomasta käsittelystä saattaisi seurata ja mitä hän toisen käsityskyvystä ylipäätään ajatteli.

Arabi avasi auton peräluukun ja Amir nosti noin 25 senttimetriä kanttiinsa olevan kantamuksensa tavaratilaan. Autossa ei näkynyt muita. Mykkä arabi asettui ohjauspyörän taakse ja Amir apukuskin paikalle.

KAKSIKYMMENTÄKUUSI

- Teppo? toisti väsyneen ja hämmentyneen näköinen nuorukainen edessämme. Kello lähestyi aamukuutta, ja olimme bostonilaisen poliisiaseman kuulusteluhuoneessa, jossa ei varmaan koskaan aiemmin ollut ollut neljää suomalaista yhtä aikaa. Jenkkivartijan olimme saaneet pysymään ulkopuolella Makkosen annettua hänelle ilmeisen sopivan kokoisen tipin.

- Niin, ja me olemme Rane ja Kalervo! Etkö muista?

- Kuulustelupöytäkirjan mukaan hänen nimensä on Miguel, sanoi Sam Makkonen tavatessaan papereita edessään.

- Miguel, toisti nuorimies hitaasti.

- Ei Miguel, vaan Teppo! Tep-po! huudahti Rane kärsimättömästi. – Mikä sinua vaivaa?

- Miguelin... siis Tepon päähän on joskus kohdistunut iskuja ja hän ei muista mitään kuutta vuotta vanhemmista tapahtumista, tässä sanotaan, jatkoi Makkonen pöytäkirjan lukemista.

- Kuutta vuotta! No justiinsa! Silloin Teppo putosi rantakallioilta Acapulcossa! Hänen on täytynyt lyödä päänsä ja menettää muistinsa, innostuin keksiessäni tapahtumien todennäköisen kulun.

- Miten se saadaan takaisin? Lyömällä häntä uudestaan päähän, vai? kysyi Rane.

Makkonen kohautti olkapäitään.

- Ei pitäisi ehkä sanoa, mutta sellaistakin on tullut kokeiltua.
- Älkää nyt hyvät miehet, toppuuttelin kaksikkoa. – Eiköhän me löydetä joku pehmeämpi keino.

Teppo-Miguel oli kuunnellut keskusteluamme kiinnostuneena, aivan kuin suomen kielen kuunteleminen olisi palauttanut hänen mieleensä jotakin. Rane sen sijaan alkoi taas ärtyä.

- Mikä keino? Kerro mulle!
- ...Irja rakkahin..., kuului yllättäen Teppo-Miguelin suusta.
- Mitä sanoit? hihkaisin ällistyneenä. – Teppo, sano se uudestaan!

Silmät loistaen Teppo nousi hitaasti tuoliltaan ja alkoi tapailla muistamiaan sanoja:

- Kerro...mulle...Irja...rakkahin...

Hypähdin itsekin innoissani ylös ja läimin Ranea olalle.

- Rane, olet nero! Tuo on Kauko Käyhkön Irja-humpasta! Sait Tepon muistin palaamaan!
- ...miksi...silmäs...täyttyi...kyyneliin..., jatkoi musiikin kautta muistiaan palauttava kitaristimme uskomatta oikein itsekään, mitä suustaan kuuli päästävänsä. Makkonen oli myös aivan mykistynyt:

- Hittolainen, sehän on suomalainen! Sähkötuolia ei ehkä tarvitakaan!

Mulkaisin asianajajaa vihaisesti; Teppoa ei ollut syytä pelotella synkillä uhkakuvilla siitä, mitä olisi saattanut tapahtua ilman hänen muistinsa palautumista.

- Suureen maailmaan, läksin kulkemaan, jäin sua kaipaamaan! hoilasimme kohta kaikki ahtaassa kuulusteluhuoneessa iloisesti. Muistikuvat koti-Suomesta alkoivat vauhdilla palautua Tepon mieleen. Kuvatulva oli niin valtava, että häntä alkoi huimata ja hänen oli istuuduttava takaisin tuoliinsa.

- No on tuossa varmasti vähän sulattelemista, sanoin ja ojensin Tepolle paperimukillisen vesipulloautomaatista laskemaani vettä.

- Odottakaa täällä, niin käyn selittämässä poliiseille, että heillä on väärä mies sisällä, sanoi Makkonen ja katosi käytävään, ennen kuin ehdin miettiä, olisiko sammakoita suustaan päästävä asianajaja sittenkään paras mies ylipuhumaan viranomaisia päästämään vanki vapaaksi.

KAKSIKYMMENTÄSEITSEMÄN

Amir pidätteli pahoinvointiaan. Syynä ei ollut pelkästään möykkyinen ajomaasto; hänen elimistönsä veteli viimeisiään. Mutta isänmaan puolestahan tässä kohta oksennettaisiin. Maastoauto saavutti asfaltoidun tieuran ja matkanteko hiukan helpottui. Amir yritti turhaan viritellä keskustelua kuskin kanssa; joko arabi oli mykkä tai ei ymmärtänyt Amirin puhumaa kurdia. Ehkä plutoniumin tarvitsija oli palkannut ostosreissua suorittamaan tyypin, joka ei liittyisi kauppatavaran kohdemaahan.

Kuski vilkaisi kärsivän näköistä Amiria ja sanoi yllättäen jotakin, josta Amir ei aivan saanut selvää. Mutta tärkein informaatio tuli esiin – mies oli käyttänyt ilmauksessaan ezäfesidevokaalia! Se kuului kurdin sukulaiskieleen farsiin, ei kurdiin. Ja se puolestaan tarkoitti, että kuljettaja edustikin Amirin kotimaan sijasta tämän rajantakaista verivihollista. Eli plutonium oli todennäköisesti päätymässä aivan päinvastaiselle taholle kuin Amir oli olettanut.

Amir päätti toimia. Hän pyysi kuljettajaa pysähtymään huonovointisuuteensa vedoten. Ulos päästyään Amir poimi maasta ensimmäisen sopivan kokoisen kivenmurikan, kiersi kyyristellen auton takaa kuljettajan ovelle, avasi sen ja löi kuskin yhdellä kiveniskulla tajuttomaksi.

Amir kiskoi velton arabin tien varren ojaan, otti tämän aseen itselleen, hyppäsi maastoauton rattiin ja kaasutti pois paikalta pahoinvoivana, pettyneenä ja epätietoisena matkansa päämäärästä. Hän oli Meksikon puolella eikä uskaltaisi tässä kunnossa yrittää rajanylitystä Yhdysvaltain puolelle. Tullilomakkeelta tuskin löytyisi rastittavaa kohtaa "Plutoniumia tai muita radioaktiivisia yhdisteitä".

"Tecate 42", luki tienvarsikyltissä. Nimestä tuli lähinnä mieleen meksikolainen olut, mutta tällä kertaa se viittasi kaupunkiin, jossa juomatehdas sijaitsi. Amir lähti ajamaan rajan suuntaista tietä kohti itää.

KAKSIKYMMENTÄKAHDEKSAN

Kuulusteluhuoneen ovi kävi ja sisään astui nolon oloinen asianajaja Makkonen perässään puolestaan hyvinkin jämptin oloinen, viisikymppinen mies armeijan univormussa. Todennäköisesti tyyppi oli huoneessa olijoista ainoa, joka oli tottunut aikaisiin aamuherätyksiin.

- Olen kapteeni Haddock Iso-Britannian kuninkaallisesta laivastosta. Kuka teistä on Amir Farzaneh? mies jyrähti englanniksi.

Katsoimme toisiamme ja muistelimme kuumeisesti syntymätodistuksissamme näkyviä nimiä.

- Ei kukaan, vastasin seurueemme puolesta.

Haddockin vanavedessä saapunut, edellisillan pidätyksen suorittanut poliisi sen sijaan osoitti sormellaan Teppoa.

- Hän, sir.

- Ei ei, nyt te olette kyllä käsittänyt aivan väärin, herra luutnantti..., aloitti Makkonen, mutta kapteeni Haddock vaiensi hänet pelkällä katseellaan.

- Konstaapeli, viekää nämä muut toiseen huoneeseen ja pitäkää heidät siellä. Kuulustelen heitä seuraavaksi. Ja käskekää samalla se espanjan kielen taitoinen tulkki sisään, Haddock sanoi poliisille.

Makkonen yritti mutista jotakin vangin perustuslaillisesta oikeudesta asianajajaan, mutta joko perustuslaki oli asemalla luettu huonosti tai se ei koskenut muiden valtioiden kansalaisia, sillä löysimme itsemme kohta toisesta kuulusteluhuoneesta, ilman Teppoa.

- Ei tässä ole mitään hätää, Yhdysvaltain poliisiasemilla pahoinpidellään nykyään reilusti alle puolet kuulusteltavista, Makkonen yritti lohdutella, mutta lopetti Ranen nostaessa nyrkkinsä näkyville.

KAKSIKYMMENTÄYHDEKSÄN

Onneksi Yhdysvaltain dollarit kävivät maksuvälineenä myös tällä puolen rajaa, Amir mietti. Hän oli ajanut yhtä soittoa lähes vuorokauden ajan, pysähtyen välillä vain tankkaamaan. Rajan ylitykseen hän ei ollut edelleenkään uskaltautunut, ja Meksikon puoleiset, hiekka-aavikoita halkovat suorat tiet olivat vieneet häntä yhä syvemmäksi etelään.

Tie oli jo usean tunnin ajan seurannut yksinäistä junakiskoparia. Chihuahuan ja Durangon osavaltioiden rajan ylitettyään hän oli nukahtanut rattiin ja suistunut tieltä. Hänen onnekseen aavikko tien ympärillä oli yhtä tasaista kuin tiekin, joten tällä kertaa ei ollut käynyt kuinkaan. Se olisi vielä puuttunut, että hän olisi täällä, keskellä ei mitään, ajanut nukahtaessaan junan alle. Amir oli päättänyt nukkua sen sijaan hetken autossaan tien levennyksellä.

Herättyään, iltakahdeksalta, Amir totesi testiräjäytyksen Nevadassa tapahtuneen kutakuinkin tunti sitten. Hän päätti jatkaa matkaansa vielä reilun puolen tunnin päässä sijaitsevaan Torreónin kaupunkiin, etsiä käsiinsä yleisöpuhelimen ja soittaa esimiehelleen Robille. Robista oli varmasti tullut sijaiskärsijä hänen teolleen, eikä Rob lainkaan ansainnut sitä. Hänen perässään olisivat kuitenkin paitsi lastin ryöstämistä yrittäneet iranilaiset, myös alkuperäisen toimeksiannon tehneet irakilaiset. Ja kukaties mustassa pörssissä kiinnostuksensa kauppatavaraan ilmaisseet israelilaiset. Puhelinsoiton varmasti jäljittävät jenkit olisivat hänen kimpussaan seuraavaksi, mahdollisesti myös jenkkien luvattomasta vierailusta provosoituvat meksikolaiset. Tämä kaikki alkoi olla liikaa Amirille, jonka oma kunto heikentyi lastin vaikutusalueella olemisen vuoksi jatkuvasti.

Alkoi hämärtää. Myös silmissä. Amir päätti luopua kuollettavasta lastistaan. Hän meni peräluukulle, nosti säilytysastian pois autosta ja raahasi sen noin parinkymmenen metrin päähän tiensivusta, pienen pensaan taakse. Sitten hän hyppäsi takaisin autoon ja jatkoi matkaansa kohti Torreónia.

KOLMEKYMMENTÄ

Bostonilaisella poliisiasemalla tunnelma sähköistyi. Kapteeni Haddock avasi kuulusteluhuoneemme oven ja työnsi Tepon edellään sisään.

- Teppo, oletko kunnossa? kysyin vaistomaisesti suomeksi.

- Olen... en vain... ymmärrä, mitä... tämä kaikki on, Teppo vastasi, suomenkielisiä sanoja hakien.

- Seis! Puhukaa englantia, niin minäkin ymmärrän, Haddock komensi ja jatkoi:

- Te kolme väitätte siis, että tämä mies ei ole Irakin kansalainen Amir Farzaneh, vaan...

- Suomen kansalainen, Teppo. Hieno mies, sanoin.

- Hänellä ei ole omien sanjoensa mukaan passia. Onko se teillä?

- Ei ole. Se varmaankin katosi kuusi vuotta sitten, samaan aikaan kuin Teppokin. Meksikossa.

- Jaha. Ja kuinka luulette, että hän on päässyt ilman passia Meksikosta Yhdysvaltain puolelle? Hän nimittäin lensi eilen tänne Bostoniin sisäisellä lennolla Los Angelesista, Dr. Ramirezin nimellä varatulla lentolipulla.

- Kuka on Dr. Ramirez? kysyin.

- Hiljaa! Minä kysyn täällä kysymykset! Haddock sähähti.

- No kysykää sitten Tepolta, me ei tiedetä, Rane puuttui keskusteluun.

- Kysyin jo. Hän kertoi saaneensa lentolipun lahjaksi tuntemattomalta mieshenkilöltä, laivalla Acapulcosta Los Angelesiin.

- No niin se sitten on. Meidän Teppo ei valehtelisi, sanoin.

Haddock mietti hetken hiljaa. Vaikutti siltä, että tällä mielipuolisella seurueella ei tosiaankaan välttämättä ollut tekemistä kadonneen plutoniumerän kanssa.

- Hyvät herrat, minulla ei taida olla muuta mahdollisuutta kuin päästää teidät menemään.

- Itse asiassa Yhdysvaltain lain mukaan olisitte kyllä voinut pitää meitä pidätettyinä vielä muutaman tunnin ilman erityisempää syytä, möläytti Makkonen.

- Näinkö on? Kapteenin kulmakarvat kohosivat, ja hän viittasi ovensuussa vahtivalle poliisille.

- Konstaapeli, viekää nämä miehet selliin.

- Mutta... aloitin, mutta kapteeni Haddock oli jo poistunut ovesta. Vilkaisin murhaavasti Makkoseen.

- Hupsis, tämä sanoi nolostuneena.

KOLMEKYMMENTÄYKSI

Ensimmäiset Telmexin puhelinkioskit ilmestyivät katukuvaan heti Torreónin esikaupunkialueen alettua. Amir pysähtyi bensiiniasemalle, jossa niitä oli kaksi, kävi läheisessä kioskissa vaihtamassa dollarin setelin kolikkomuotoisiksi pesoiksi ja palasi sitten soittamaan puhelun.

Nevadan testausaseman puhelinvaihde oli auki yötä päivää. Testausasema käsitti noin tuhat rakennusta, joiden sisäliikennettä varten sinne oli rakennettu varsin vaikuttavan kokoinen puhelinvaihdeverkko. Kertomatta nimeään Amir pyysi vaihteenhoitajaa yhdistämään Alue U7:n asemalle. Aseman vastattua hän esittäytyi eversti Smithiksi ja pyysi etsiä puhelimeen tutkija Rob Mitchellin.

Jonkin ajan kuluttua Robin varovainen kuului linjan toista päästä.

- Rob Mitchell puhelimessa.
- Rob, Amir tässä, pystytkö puhumaan?
- Mitä?...Öö, kyllä... missä olet?
- En voi kertoa. Tiedän, että nämä puhelut nauhoitetaan.
- Onko kaikki ok? Perheelläsi, tarkoitan.

- Ei ole mitään perhettä, valehtelin sinulle.

- Nyt en ymmärrä...

- Kuule, olette varmaan huomanneet, että iso osa plutoniumista ei ollutkaan mukana räjäytyksessä?

- Mistä sinä sen tiedät? Rob valpastui.

- Plutonium on minulla. Tai oli.

- Hetkinen – sinäkö siis varastit sen?

Rob viittilöi lähellä istuvaa vaihteenhoitajaa antamaan hänelle paperia ja kynän.

- No, sanotaan, että ainakin lainasin. Olin myymässä sitä maanmiehilleni, mutta nyt vaikuttaa, että se onkin päätymässä aivan eri porukoille. Olisi ehkä parempi palauttaa se. Tai en minä tiedä.

Rob ojensi vaihteenhoitajalle takaisin lapun, johon hän oli kirjoittanut "Jäljittäkää puhelu!". Vaihteenhoitaja luki viestin, nyökkäsi ja kävi toimeen.

- Missä se sitten on? Rob kysyi Amirilta.

- Jätin sen tien varteen tuossa puoli tuntia sitten.

- Tien varteen?! Amir, oletko järjiltäsi?!

- Ehkä, kuollut olen ainakin kohta.

- Mitä tarkoitat?

- Säiliö vuotaa, Amir huokasi.

Rob oli jo kysymässä, kuinka Amir tiesi vuodosta, mutta tajusi samassa, että Amirin täytyi oireilla pahasti.

- Kauanko olet ollut sen lähellä?

- Viikon. Olo on jo niin huono, että jätin astian kyydistäni. Vaikkei se enää lopputulokseen vaikuta.

- Amir... olen pahoillani.

Rob tarkoitti, mitä sanoi. Huolimatta siitä, että hänen apulaisensa oli paljastunut plutoniumvarkaaksi, hän tunsi ydinfyysikon työn terveysriskit ja toivoi, etteivät ne kenenkään kohdalla toteutuisi.

- Voinko tehdä jotain? hän kysyi Amirilta.

- Huolehdi siitä, ettei aine päädy iranilaisille. Yritän vielä hetken saada yhteyttä maanmiehiini.

- Mutta...

- Olen pahoillani, mutta se on velvollisuuteni, Amir totesi, piti pienen tauon ja jatkoi:

- Saatte varmaan kohta paikallistettua, mistä soitan. Siitä voitte laskea noin puolen tunnin ajomatkan verran takaisinpäin. Onhan teillä siellä fyysikoiden lisäksi matemaatikkojakin. Etteköhän te sen säteilylaatikon löydä. Hyvästi, Rob.

Rob yritti vastata, mutta linjalta kuului enää pitkä, yhtäjaksoinen ääni, joka kertoi puhelun loppuneen.

KOLMEKYMMENTÄKAKSI

Olimme olleet bostonilaisen poliisiaseman sellissä ehkä kolme minuuttia, kun sen ovi jo avattiin.

- Hirveitä aamuihmisiä nämä amerikkalaiset, valitti Rane, joka oli juuri ehtinyt ummistaa silmänsä aamunokosia varten.

- Jutussa on tapahtunut käänne, sanoi sisään marssinut kapteeni Haddock. – Lähdemme kaikki välittömästi lentokentälle.

Rob Mitchell oli vihdoin tavoittanut yön yli Bostoniin lentäneen esimiehensä ja päässyt kertomaan Amir Farzanehin yllättävästä puhelusta hänelle muutamaa tuntia aiemmin. Haddock oli ollut oikeassa siitä, että Farzaneh oli plutoniumvarkauden takana, mutta 3500 kilometriä väärässä tämän olinpaikan suhteen. Mitchell oli selvityttänyt puhelinteknikoilla, että puhelu oli tullut yleisöpuhelimesta Meksikon puolelta, läheltä Durangon ja Coahuilan osavaltioiden rajaa. Sen tarkempaan paikantamiseen ei valtiollisen Teléfonos de México -operaattorin verkossa ollut ainakaan vielä pystytty. Mitchelliä oli lohdutettu, että tilanne muuttuisi muutaman vuoden päästä, kun yhtiön yksityistäminen ja sitä kautta tehostaminen alkaisi, mutta siitä ei ollut tähän hätään hyötyä.

Haddock ymmärsi nopeasti, että plutonium oli vielä löydettävissä ennen ostajakandidaatteja. Mitchellin kuvauksesta hän oli käsittänyt, että tekijää tuskin enää saataisiin vastuuseen teostaan.

- Anteeksi, mutta mihin meitä tarvitaan? kysyi Sam Makkonen kerrankin aiheellisesti.

- Menemme Meksikoon. Voin samalla palauttaa tämän yhden laittoman maahantulijan kotimaahansa, vastasi Haddock osoittaen Teppoa.

- Mutta hän on suomalainen! huudahdin.

- Eikös Suomi ole yksi Meksikon osavaltioista? Haddock totesi, jäämättä kuulemaan vastausta.

Sisimmässään Haddockilla oli tunne, että Farzahein hankkimaa lentolippua käyttänyt Teppo saattoi hyvinkin liittyä plutoniumvarkauteen, eikä halunnut päästää tätä kynsistään.

- Tepon asianajajana vaadin päästä mukaan, sanoi Makkonen.

- Ja Teppo ei mene minnekään ilman meitä nyt, kun olemme hänet löytäneet, totesin puolestani uhmakkaasti.

- No niin, kuten äsken sanoin, kapteeni Haddock huokaisi. – Lähdemme kaikki välittömästi lentokentälle.

Tarjosimme Haddockille kyydin kentälle vuokra-autollamme, koska arvelimme, että sen saisi palauttaa myös kentälle, olihan se vuokrattu yhdestä suurista monikansallisista autonvuokrausfirmoista.

Terminaali, johon suunnistimme, ei kuitenkaan ollut yksikään kansainvälisen Loganin aseman kaupallisista sellaisista, vaan sotilaskäyttöön rakennettu Hanscomin kenttä parikymmentä kilometriä Bostonin länsipuolella. Kapteeni Haddock vakuutti auton kuitenkin löytävän sieltä kotiinsa.

Hanscomissa ajoimme suoraan kiitoradan päähän, jossa meitä odotti täyteen tankattu Cessna Citation V, tai kuten Yhdysvaltain armeija sitä tuli myöhemmin kutsumaan, UC-35A. Vajaan kymmenen hengen nopeisiin kuljetuksiin suunnitellun konemalli prototyyppi oli suorittanut neitsytlentonsa vasta edellisvuonna, joten kapteeni Haddock sanoi nyt olevan hyvä hetki testata sitä pidemmillä sisäisillä lennoilla, ennen sen lopullista hyväksyntää armeijan käyttöön.

Ainakin omasta näkökulmastani kone soveltui erinomaisesti kuljettamaan viiden hengen lastimme neljässä tunnissa 2800 kilometrin päähän Texasiin, San Antonion eteläpuolella sijaitsevalle Lacklandin sotilaslentokentälle. Neljän kilometrin lentokorkeus ja alhaalta paistava aamuaurinko tarjosivat myös sellaisia näkymiä Yhdysvaltain keskiosiin, joista matkailumainosfirmatkin olisivat olleet kateellisia.

Matkan aikana ilahdutimme kapteeni Haddockia lauletuilla versioilla suomalaisista tanssimusiikin helmistä; olihan tärkeä ruokkia Tepon toimimaan alkanutta muistia tutuilla sanoilla ja melodioilla hänen menneisyydestään. Teppoon musiikki upposikin toivotulla tavalla, mutta kapteenin ilmeestä päätellen Toivo Kärjen ja Unto Monosen lyriikkojen nerous ei täysin ylittänyt kansainvälisiä kielimuureja.

Lacklandissa hilpeä seurueemme vaihtoi kulkuvälineeksi helikopterin, kahdeksanpaikkaisen Agusta A109C:n. Sen sisällä meteli olikin jo sen verran kova, ettei laulamisesta tullut mitään. Tepolle tämä oli todennäköisesti hyvä juttu; hän sai aikaa sulatella tapahtunutta ja järjestellä mieleensä pyrkiviä muistikuvia ajasta ennen rantautumistaan acapulcolaiseen kalastajaperheeseen.

Laulun taukoamisesta silminnähden tyytyväinen kapteeni Haddock kertoi radiopuhelimen välityksellä korviimme lentopelimme olevan Iso-Britannian laivastonkin käyttämän, italialaisvalmisteisen kopterin siviiliversion. Sillä pääsisimme ylittämään rajan Meksikon puolelle ilman kansainvälisen selkkauksen vaaraa.

Matkaa alueelle, josta Farzaneh oli puhelunsa soittanut, oli kuutisensataa kilometriä. Se taittuisi tällä, tavallista suorituskykyisemmällä vispilällämme kuulemma parissa tunnissa. Tosin Farzanehin puhelinsoitosta Rob Mitchellille olisi tuolloin tullut kuluneeksi jo yli puoli vuorokautta, joten hän saattoi olla lähes missä päin Meksikoa tahansa.

KOLMEKYMMENTÄKOLME

Amiria heikotti. Lastin hylkääminen ei ollut vaikuttanut prosesseihin, jotka se oli hänen ruumiissaan käynnistänyt, mutta ainakin se tekisi ei-toivotuille etsijöille sen löytämisen vaikeammaksi.

Plutoniumin alun perin sovittu luovutuspaikka oli Yhdysvaltain puolella, mutta tämän näköisenä hänellä ei ollut rajanylityspaikoille asiaa. Robille soitettuaan Amir oli kaivanut lompakostaan muistilapun, johon hän oli kirjoittanut puhelimessa maanmiehiltään saamansa toimintaohjeet tällaisen tapauksen varalta. Hän oli tarttunut uudelleen yleisöpuhelimen luuriin, näppäillyt lapusta lukemansa numeron ja jäänyt odottamaan vastausta.

- *Bêje min*, oli linjan päästä kohta kuulunut kurdiksi.

- Ongelmia. Lasti on Meksikossa, Amir oli vastannut.

- Missä?

- Durangossa, Torreónin kaupungin pohjoispuolella.

- Tulemme sinne. Missä tapaamme?

Amir oli katsellut ympärilleen tavaten harvoja paikalle näkyviä kylttejä bensiiniaseman ympärillä.

- Pemexin asemalla..., hän oli ehtinyt sanoa, kun kolikoiden sallima puheaika oli loppunut. - ... Bermejillossa, hän oli vielä lisännyt, mutta linja oli jo mykkä.

Amir oli palannut autolleen ja jäänyt odottamaan, kuka hänet ensimmäisenä löytäisi. Hän ei tiennyt, mistä hänen viimeiseen puheluunsa oli vastattu, mutta jos paikka oli Yhdysvaltain puolella, sieltä kuluisi hyvä tovi saapua keskelle Meksikoa.

Yön aikana Pemexin asemalla oli vieraillut vain satunnaisia tankkaajia ja kulkukoiria. Aamusta paikalle saapunut huoltoaseman hoitajakaan ei kiinnittänyt yksinäiseen maastoautoon pihallaan sen kummempaa huomiota. Amir oli kivuistaan huolimatta saanut torkahdeltua pitkin yötä, ja aamun koittaessa valmiina joko kaupankäyntiin, pakenemiseen tai antautumiseen.

Ensimmäinen paikka valita edellisistä toimintamalleista näytti ilmaantuvan hiukan aamuseitsemän jälkeen. Huoltoaseman pihaan kaarsi tummennetuin lasein varustettu GMC Suburban -maastoauto. 7,4-litraisella V8-moottorilla varustetun ajoneuvon saapumista ei voinut olla huomaamatta. Amir oli onneksi peruutellut autonsa näkösuojaan bensa-asemarakennuksen nurkan taakse, ja painautui nyt alemmas ohjauspyörän taakse tarkkailemaan, mitä tapahtuisi.

Suburbanista nousi ulos kaksi, väljiin pellava-asusteisiin sonnustautunutta, mustapartaista miestä. Univormu ei vaikuttanut minkään maan armeijan käyttämältä, joten Amir arveli miesten edustavan plutoniumin ostajakandidaatteja Lähi-Idässä. Mutta mitä maata?

Miehet katselivat hetken ympärilleen, mutta eivät ilmeisesti havainneet Amirin autoa eivätkä muutakaan mielenkiintoista, vaan katsoivat toisiaan ja kohauttivat olkiaan. Toinen partasuu alkoi tankata autoaan samalla, kun toinen lähti kävelemään kohti Amirin autoa. Amirin pulssi kiihtyi ja hän valmistautui jo paljastumiseensa, kun mies kaarsikin nurkan taakse, ilmeisesti keventämään matkalla nauttimansa Coca-Colan aiheuttamaa painetta virtsarakossaan. Tankkaaja kuului huutavan tälle jotakin. Amir avasi sivuikkunaa kuullakseen, mitä kieltä miehet keskustellessaan käyttivät. Pari sanaa riitti kertomaan hänen ei-toivomansa vastauksen: farsia. Miehet olivat siis todennäköisesti Iranin valtion asialla, eikä Amirilla ollut aikomustakaan käydä kauppaa synnyinmaansa veriviholliisten kanssa. Hän odotti siis henkeään pidättäen, kunnes rakkoaan keventänyt kuriiri oli palannut autolleen ja toinen saanut bensatankin täytettyä. Tämän jälkeen kaksikko käynnisti autonsa ja nosti kytkintä bensa-asemalta, ilman aikomustakaan maksaa tankkiinsa lorottamastaan mustasta kullasta. Aseman pitäjä juoksi ulos huoltamoltaan huutamaan varkaiden perään, mutta luikki äkkiä takaisin sisään nähdessään poistuvan auton ikkunasta ulos ojennetun pistoolinpiipun.

Amir mietti, kuinka persialaiset olivat löytäneet hänet – ja toisaalta, mikseivät he olleetkaan lopulta löytäneet häntä. Hetken pohdiskeltuaan hän tuli tulokseen, että iranilaisten oli täytynyt kuunnella hänelle annettua puhelinlinjaa, ja he olivat siten napanneet keskustelusta tiedon plutoniumin sijainnista Torreónin kaupungin pohjoispuolella. Nyt he ilmeisesti kävivät läpi alueen valtiollisen öljy-yhtiö Pemexin huoltoasemia, joita Amirin onneksi oli useita.

Puolen tunnin päästä huoltoaseman pihaan kaarsi jälleen uusi, tummennetuin lasein varustettu, hyvin maastokelpoiselta vaikuttava auto.

KOLMEKYMMENTÄNELJÄ

- Erinomaista, kiitos! kapteeni Haddock kuului sanovan sankaluureihinsa. Pilotti nyökkäsi ja kaarsi kopteria jyrkästi oikealle.

- Hyviä uutisia? tiedustelin Haddockilta varovasti helikopterin sisäisen radiopuhelinkanavan välityksellä, kun lentolinjamme oli jälleen oiennut.

- Meksikon valtiollinen puhelinlaitos on saanut vihdoin selville paikan, josta Amir Farzaneh soitti puhelunsa. Juuri sopivasti.

- Kuinka niin?

- Paikkaan on tästä vain viisi minuuttia. Jos tieto olisi tullut myöhemmin, olisimme lentäneet ohi.

- Jaha. Mutta minne pääsemme laskeutumaan? kysyin.

- Katsokaa alas. Alue on pelkkää hiekkatasankoa. Kunhan vain väistämme rakennuksia, voimme laskeutua minne vain.

Katsoimme alas. Se oli totta. Edessämme kauempana levittäytyvä kaupunki koostui reuna-alueiltaan varsin harvaan sijoitelluista, matalista rakennuksista. Puustokaan ei aiheuttanut haasteita laskeutumiselle, koska sitä ei ollut.

- Mikä kaupunki tämä on? kysyin Haddockilta.
- Torreón. Tarkoittaa suurta tornia. Yksi näkyy tuolla.

Haddock osoitti sormellaan kuitenkin pilotille edessä näkyvää Pemex-huoltoasemaa, ja kuski alkoi pudottaa korkeuttamme. Varovasti tämä väisti muutamat, tietä reunustavat sähkölangat ja laskeutui huoltoasemarakennuksen viereiselle hiekkakentälle, peittäen aseman ja sen pihalla olevat pari maastoautoa valtaisaan pölypilveen.

Helikopterin kelkan tavatessa maanpinnan kapteeni Haddock irrotti turvavyönsä, aukaisi oven ja hyppäsi ulos. Vilkuilimme toisiamme, ja asianajaja Makkonen kehotti meitä käsimerkein pysymään paikoillamme. Seurasin kuitenkin Haddockin esimerkkiä, poistuin koneesta ja lähdin juoksemaan kyyryssä pois helikopterin yhä pyörivien lapojen luota.

Kopterin kierrosten laskiessa myös pölypilvi alkoi hälvetä. Näin edessäni kapteeni Haddockin, joka oli juuri kohottanut molemmat kätensä ilmaan, sillä maastoauton vieressä seisova mustahiuksinen ja -partainen hahmo tähtäsi häntä käsiaseella. Sen kummemmin ajattelematta nappasin maasta kivenmurikan ja viskasin sen kohti beduiinia. Kivi kolahti ikävän kuuloisesti hänen ohimoonsa ja sai tämän suuntaamaan aseensa muualle. Kapteeni Haddock suojautui välittömästi läheisen öljytynnyrin taakse ja kaivoi puolestaan esille oman aseensa, jota hän oli siihen asti piilotellut kainalokotelossaan.

- Amir Farzaneh! Antaudu heti! kapteeni huusi tynnyrin takaa.

Kiven ohimoonsa saaneen tyypin vieressä oli toinen, joka jähmettyi hetkeksi paikalleen, aivan kuin olisi juuri kuullut oman nimensä. Arvatenkin hän oli juuri kuullut oman nimensä. Sitten hän havahtui, kiskaisi päätään pitelevän miehen mukaansa, työnsi tämän maastoautoon ja lähti kiertämään autoa kuljettajan paikalle. Haddock nousi piilostaan ja oli juuri ampumaisillaan kohti autoa, kun sen takaikkunasta välähti suuliekki, ja luoti kimposi öljytynnyrin kyljestä viheltäen kimakasti mennessään kuin John Wayne-elokuvissa ikään. Haddockin oli suojauduttava. Tajusin itse olevani vuorostani nyt pihan ainoa maalitaulu ja syöksyin lentopallon tiikeriä muistuttavalla liu'ulla rakennuksen nurkan taakse.

Kuulin, kuinka maastoauto ampaisi liikkeelle; nousin ylös ja näin sen nostattaman pölypilven, jonka suuntaan Haddock aseellaan jo tähtäili.

- *For Pete's sake!* Haddock karjaisi ja paiskasi lakkinsa hiekkaan. Se oli ilmeisesti brittiläisen sotilas- ja käytöskoulutuksen saaneelle upseerille sallituista ilmaisuista voimallisimpia. Sitten hän rauhoittui, nosti lakkinsa maasta, napautti sen puhtaaksi hiekasta ja huusi minulle:

- Takaisin helikopteriin, Lahdenmäki, lähdemme seuraamaan heitä!

KOLMEKYMMENTÄVIISI

Maastoauton ratissa oleva Amir mietti kuumeisesti. Jälkimmäinen vierailijadelegaatio Pemexin huoltoasemalle oli vihdoin muodostunut hänen odottamistaan maanmiehistä. Ja juuri, kun hän oli kuvitellut pääsevänsä osoittamaan näille isänmaallisuutensa - ja turvaamaan samalla taloudellisen tulevaisuutensa – taivaalta oli tipahtanut näyttämölle kaiken paskan ympäriämpäri levittänyt valtava tuuletin. Ja mikä pahinta, hänet oli tunnistettu. Sotilaspukuisen ikämiehen huuto kaikui yhä hänen korvissaan.

Nyt pitäisi saada plutonium näille kahdelle parrakkaalle uskonveljelle, joista toista oli juuri kivitetty operaatiossa niin, että tämä autoon päästyään oli menettänyt tajuntansa. Amir laskeskeli, että hänen oli mahdollista ennättää saada rahansa, ennen kuin lastille tapahtuisi mitään. Ja kadota sen jälkeen itse paikalta. Ei kuulostanut helpolta, mutta toki palkintokin olisi haasteen mukainen. Amir kiihdytti V8-moottoria parhaimpaansa; tie hänen hylkäämänsä lastin luo oli koko lailla suora ja tasainen, sinne piti vain ehtiä ennen muita.

Amir vilkaisi taustapeiliin – sinne oli ilmestynyt tutun näköinen GMC Suburban. Hänen tuntia aiemmin näkemänsä Persian sotilasmahdin jälkeläiset pystyisivät sillä vaivattomasti seuraamaan heitä nopeudessa, johon Amir oli oman autonsa kiihdyttänyt. Sitten hän vilkaisi kanssamatkustajiaan; yhtäkkiä hänen karskin oloiset kyytiläisensä eivät vaikuttaneetkaan enää niin itsevarmoilta kuin aiemmin. Toinen oli tajuton, ja toinen sopersi jotakin, mikä ei etupenkille kuulunut. Amir aisti molempien silmissä pelkoa.

Moottorin viidentuhannen kierroksen aiheuttaman äänen yli erottui äkkiä uusi jylinä. Amir kumartui eteenpäin ja vilkaisi tuulilasin yläosan kautta taivaalle. Se kirottu vispilä oli ilmestynyt hänen päälleen.

KOLMEKYMMENTÄKUUSI

Hiekka pöllysi, kun kaksi järeää maastoautoa eteni rivakasti erämaata halkovaa, suoraa tietä Torreónista pohjoiseen. Pöly tosin saattoi johtua myös Agusta A109C-helikopterista, joka seurasi kaksikkoa suoraan sen yläpuolelta. Jos tiellä olisi ollut paikallisia jalankulkijoita, he olisivat voineet pitää näkyä merkillisenä. Toisaalta siinä vaiheessa, kun saman paikan ohitti muutamaa minuuttia myöhemmin kaksi Meksikon poliisin partioautoa pillit vinkuen, he olisivat ehkä todenneet, että tätähän se tietenkin merkitsi ja jatkaneet puuhiaan.

Mutta tässä osassa maata jalankulkijoita ei tien reunoilla ollut. Oli vain satunnaisten ruohomättäiden täplittämää, kivikkoista hiekkaerämaata, joka reunoiltaan loppui kaukana siintäviin, harmaanruskeisiin vuoriin. Ja kivien seassa lymyäviä siniharmaita aavikkokettuja, kymmensenttisiä sisiliskoja ja pienempiä, mutta sitäkin myrkyllisempiä skorpioneja.

Etummaisessa autossa kuskin paikalla istuva Amir vakuutteli tajuissaan olevalle kanssamatkustajalle, että lasti, jota tämä oli lähetetty noutamaan, oli kyllä vain parinkymmenen minuutin ajomatkan päässä; tosin hän ei aivan tarkkaan pystynyt sanomaan, missä. Vauhkoontunut kyytiläinen kehotti Amiria muistelemaan nyt erityisen tarkasti, jos mielisi saada kaupanteosta sovittua korvausta itselleen. Tai edes pidettyä henkikultansa tallella.

Toisessa autossa suoritettiin kiivasta farsinkielistä ideointia siitä, mitä pakoon yrittävälle myyjälle tehtäisiin lastin vaihdettua omistajaa ja kuinka runsaasti ajatollah Khomeini heidät lastin perille toimittamisesta aikanaan palkitsisi. Välillä ihmeteltiin myös yläpuolelle ilmestynyttä peltilintua ja sen motivaatioita lastin suhteen.

Peltilinnussa mietittiin samaa, täytyi myöntää. Kapteeni Haddock oli alkumatkasta ollut kovin vaitonainen matkamme syistä, mutta uhattuamme jatkaa suomenkielisen iskelmämusiikin arsenaalin esittelyä seuraavaksi Reino Helismaan tuotannolla hän oli suostunut avaamaan omia vaikuttimiaan.

- Plutoniumia? Eikös se voi räjähtää? mietti Rane kulmat kurtussa.

- Se on hyvin räjähdysherkkää, totta, kapteeni Haddock myönsi. Huomatessaan Ranen yrittävän tarttua helikopterin ohjaimiin hän lisäsi äkkiä:

- Mutta se ei ole todennäköistä.

Kun Rane oli palannut nojaamaan selkänojaansa, kapteeni jatkoi:

- Ainakaan lähiaikoina.

Tällä kertaa sain napattua Ranen kiinni, ennen kuin hän ehti työntyä kopterin eturiviin, ja Haddock sai jatkaa rauhassa:

- Riippuu toki siitä, miten tämä erä on pakattu. Meillä on käytössämme näyte-erien kuljetukseen tarkoitettuja, selkärepun kokoisia astioita, joissa plutoniumia voi turvallisesti kuljettaa. Ainakin silloin, kun se on jauheena. Plutoniumoksidijauheena. Yksi sellainen astia on tutkijoidemme mukaan kadoksissa. Veikkaan että sitä on käytetty plutoniumin kuljettamiseen pois Nevadan testiasemalta.

- No sehän on kai hyvä, kysyin retorisesti.

- Valitettavasti emme tiedä, missä muodossa tämä varastettu plutonium on kuljetusastiaan laitettu. Ja paljonko sitä on. Laskelmissa käytetään termiä "kriittinen massa" aivan syystä.

Helikopterin suomalaismatkustamo nielaisi yhtä aikaa.

- Voi olla, että se kestää hyvin; mutta voi olla, että se räjähtää pienimmästäkin tärähdyksestä, löi Haddock lisää vettä kiukaalle.

- Kuinka paljon plutoniumia sitten on kateissa? kysyin.

- Tarpeeksi, Haddock kuittasi lyhyesti.

Muutaman kilometrin päässä takanamme tulevissa paikallisen poliisin partioautoissa keskusteltiin lähinnä seuraavana viikonloppuna pidettävistä sukujuhlista, poliisiaseman puhelinvaihteen Aliciasta ja vastanautitun lounaan herkullisista tacoista. Lounastauon äkillistä keskytymistä harmiteltiin, ja hurjastelijoille vannottiin annettavan sellainen opetus, että muistaisivat sen ikänsä. Sitten suunniteltiin, millaisin sanakääntein pidätystä myöhemmin kuvailtaisiin Alicialle. Ja mitä tämän jälkeen syötäisiin.

Me helikopterikyytiläiset emme tienneet meksikolaisten lainvalvojien liittyneen iloiseen letkaamme. Seurasimme vain silmä kovana alhaalla edessämme suoraa aavikkotietä ajavaa maastoautoa. Onneksi, sillä ehdin juuri nähdä, kuinka sen jarruvalot välähtivät.

- He kääntyvät tuonne! huusin mikrofoniin ja osoitin päätien oikealle puolelle ilmestynyttä talorykelmää. Pilottimme nyökkäsi ja kaarsi niin jyrkästi oikealle, että pakkauduimme kaikki tiiviisti matkustamo-ovea vasten. Onneksi se oli suljettu kunnolla.

Matalia rakennuksia oli löyhään ruutukaavaan ripoteltu vain kymmenkunta, mutta niiden pihoilla kasvavat suuret puut osoittivat, että jossain lähellä oli vettä. Puiden takia helikopteripilotin oli nostettava hetkeksi korkeuttamme - ja aivan oikein, talojen takaa kajastikin pieni lammentapainen.

Amirin ohjastama maastoauto kurvasi hiekkatietä erään rakennuksen pihaan, jarrutti ja jäi hetkeksi puiden muodostamaan katveeseen, pois näkyvistämme. Lentäjämme yritti turhaan etsiä meille näköreittiä autoon. Samalla hetkellä, kun sitä varjostanut maasturi kääntyi samalle pihalle, se kuitenkin singahti uudelleen liikkeelle. Rakennuksen kierrettyään maasturi kääntyi takaisin päätielle ja jatkoi määrätietoisesti ja rivakasti kohti pohjoista.

- Mitä tuo oli? kysyin Haddockilta, mutta tämä tyytyi kohauttamaan olkiaan epätietoisuuden merkiksi.

- Ei auta kuin jatkaa seuraamista. Eiköhän heiltä jossakin vaiheessa lopu polttoaine.

Muisti oli tässä vaiheessa palauttanut Tepon mieliin jo yhtä ja toista edellisestä elämästään, ja hän kertoi haparoivalla suomen kielellä ajastaan meksikolaisperheen ottopoikana. Me puolestamme kerroimme hänelle keikkamuusikkoajoistamme Suomessa, ja varovasti myös tapahtumista, jotka olivat meidät kaikki aikanaan Meksikoon johdattaneet. Jännitin hiukan Isabelin nimen mainitsemista ääneen, mutta Teppo tuntui päässeen kaksoisagentiksi osoittautuneesta neidistä yli - tai sitten hän ei vain vielä muistanut kaikkea tapahtunutta.

Asianajajaksi Sam Makkonen ymmärsi yllättävän hyvin pysyä hiljaa ja muodostaa vain kuvaa "asiakkaastaan". Toki silloin tällöin hän möläytteli Tepolle koto-Suomesta asioita, joiden kanssa olisimme muut vielä odottaneet hetken aikaa. Pääasia kuitenkin oli, että Tepon muisti alkoi palautua nopeaan tahtiin.

Takaa-ajo jatkui kiivaana vielä vartin verran. Sitten alkoi vaikuttaa, että Haddock oli arvannut oikein – maastoauto edessämme alkoi ensin nykiä ja pysähtyi sitten kokonaan. Haddock viittasi pilotille laskeutumisen merkiksi. Pilotti varmisti katseellaan, ettei laskeutumispaikalla ollut isompia kiviä ja kaarsi kopterin kanssa hetken matkaa maastoauton etupuolelle. Nokan käännyttyä tulosuuntaamme totesimme, että toista autokolonnaa ei näkynyt enää missään. Helikopterissa ei ollut taustapeilejä, joten emme olleet huomanneet, missä vaiheessa Amiria varjostanut GMC-maastoauto oli luopunut leikistä.

- Varovasti, he ovat todennäköisesti aseistettuja! Haddock huusi hypätessään kopterista maahan ja kaivoi pistoolinsa esiin.

Omaa varoitustaan huomioimatta kapteeni juoksi kyyryssä maastoauton luo, kiskaisi etuoven auki ja huusi:

- Liikkumatta!

Rattia pidellyt mies käänsi alistuneen katseensa hitaasti kohti Haddockia, joka totesi nopeasti, ettei tämä vastannut hänen näkemäänsä valokuvaa Amir Farzanehista. Kapteeni siirsi aseensa piipun kohti takapenkin matkustajaa, ja tämä noudattikin Haddockin käskyä täydellisesti. Vieläpä silmät kiinni. Haddock kokeili miehen pulssia – ja löysi sen. Matkustaja oli siis vain tajuton, ilmeisesti johtuen huoltoasemalla päähänsä saamasta keniniskusta.

Nopea vilkaisu auton sisätiloihin vahvisti Haddockille epämiellyttävän tosiasian: Amir Farzaneh ei ollut autossa.

KOLMEKYMMENTÄSEITSEMÄN

- Huomenta, rakas vaimo.

Trisha maisteli juuri kuulemiaan sanoja mielessään. Hänen uusi sosiaalinen statuksensa kuulosti hyvältä. Ja etenkin, kun sen oli sanoiksi pukenut mies, joka eilen oli tehnyt hänestä "kunniallisen naisen", kuten jostain syystä oli tapana sanoa.

Elämä Euroopassa, Sevillassa vietetyn vuoden jälkeen oli kulkenut hyvin erilaiseen suuntaan kuin mihin hän oli kuvitellut sen menevän. Vaihto-opiskeluvuoteen lähtiessään hän oli seurustellut Yhdysvalloissa vakavasti ja kuvitellut palattuaan asettuvansa aloilleen sen suhteen myötä. Sitten, Sevillassa, hän oli tavannut sen oudolla tavalla kiinnostavan suomalaisen nuoren miehen, jonka kanssa hän oli kokenut ehkä elämänsä hurjimman seikkailun. Seikkailun, jonka tuloksena hänen oli ollut punnittava tulevaisuuttaan toden teolla. Ja muutaman, unettoman yön jälkeen, ennen kuin mitään merkittävää oli heidän suhteessaan edes ehtinyt tapahtua, hän oli päättänyt jatkaa aiemman suunnitelmansa mukaisella polulla. Ja se suomalainen oli vain joutunut vastaanottamaan hänen ilmoituksensa, ilman ennakkovaroitusta, kuin salamaniskun taivaalta.

Palattuaan Yhdysvaltoihin tapaus oli jäytänyt Trishan mieltä; hän oli kertonut miehestä äidilleenkin, ja valmistautunut samalla avioitumaan ennen Sevillan-vuottaan kihlaamansa miehen kanssa. Äidin sanat olivat kuitenkin pysäyttäneet hänet viime metreillä. Hän oli oivaltanut, että hän oli Sevillan jälkeen eri ihminen kuin ennen sitä. Ja hän ei enää rakastanut nuoruuden ajan seurustelukumppaniaan.

Kalervon, sen suomalaisen nuoren miehen, yhteystiedot olivat kuitenkin jääneet häneltä pyytämättä, eikä hän enää tiennyt, kuinka saada tähän yhteyttä. Ja niinpä hän oli lopulta päättänyt unohtaa tämän.

Sitten kohtalo oli eräänä päivänä tuonut hänen ovensa kynnykselle tämän uuden miehen. Älykkään, kouluja käyneen, ujon herrasmiehen. "Kelpo vävyainesta", äitikin oli todennut. Ja he olivat päättäneet alkaa seurustella. Ja nyt, avioitua. Kalervo oli mennyttä elämää; hän ei ollut sanallakaan edes maininnut tästä tulevalle puolisolleen.

Ja juuri häitä edeltävänä päivänä Kalervo menneisyydestä soitti. Tai oikeastaan Bostonista. Tai ainakin hän oli väittänyt olleensa Bostonissa. Trisha ei enää tiennyt, mitä uskoa. Sydän pamppaillen tehty pikavisiitti bostonilaiseen hotelliin tapaamaan Kalervoa oli päättynyt nolosti. Hän oli tuntenut itsensä nöyryytetyksi. Ja päättänyt jälleen kerran, tällä kertaa lopullisesti unohtaa tuon suomalaisen.

Ja tässä hän nyt oli. Avioliitossa rakastamansa miehen kanssa. Huomenlahja kädessään. Koru oli kaikkea muuta kuin vaatimaton, täydellisen upea. Se oli kuulemma korvaus siitä, että mies oli joutunut jättämään häihin saapumisensa viime tippaan. Työesteiden takia, tämä oli vannonut. Vielä itse hääseremoniankin jälkeen mies oli ollut hermostuneen oloinen, mutta senhän ymmärsi. Tärkeä päivä. Vasta kesken iltajuhlan jostakin saapunut, kiireellinen puhelu oli rentouttanut miehen lopullisesti. Trishan mietti, että puhelu saattoi liittyä uutiseen, jonka mies hänelle juuri kertoi:

- Paras alkaa pukeutua. Tilasin taksin kentälle. Häämatka odottaa! hänen miehensä sanoi hymyillen.

KOLMEKYMMENTÄKAHDEKSAN

Amir odotti puun takana, kunnes myös GMC oli hävinnyt nurkan taakse, seuraten maastoautoa, josta Amir oli nopean kuljettajavaihdoksen yhteydessä juuri loikannut ulos. Sitten hän juoksi hiekkatietä pitkin takaisin päätielle – ja sen yli. Häntä oksetti, mutta nyt oli pakko terästäytyä. Plutoniumastia oli jossakin aivan lähellä, hänen täytyi vain löytää pensas, jonka taakse hän oli sen kätkenyt. Ja pensas löytyisi kyllä, kun hän vain löytäisi hiekkaan piirtyneet raahausjäljet.

Autossa hänen pikaisesti kyhäämänsä suunnitelman mukaisesti irakilaiset uskonveljet palaisivat paikalle karistettuaan varjostajansa niin maalla kuin ilmassakin. Hän ei tiennyt, kuinka se tapahtuisi, mutta siihen hänen täytyi nyt luottaa.

Amir haravoi katseellaan kuumeisesti tienvierustaa nähdäkseen astian hiekkaan jättämät jäljet. Päätös astian hylkäämisestä oli kuitenkin syntynyt juuri tämän kylän kohdalla, siitä hän oli varma. Kymmenien asumattomien kilometrien jälkeen se oli ollut tienvarsimaisemassa ensimmäinen sellainen maamerkki, jonka hän oli saattanut painaa mieleensä.

Kuljettuaan tienvartta noin satakunta metriä hän huomasi jonkin kimaltavan etuoikealla, juuri tutunoloisen pensaan takana. Aurinko osui sopivasti suoja-astian metalliseen kuoreen ja paljasti näin astian olinpaikan. Huonoon yleisvointiinsa nähden hiukan helpottuneempana Amir lähti kompuroimaan astian luokse.

Perille päästyään hän rekisteröi silmäkulmassaan liikettä: musta maastoauto oli lipunut hänen huomaamattaan hitaasti paikalle ja pysähtyi nyt tielle hänen kohdalleen. Auto oli GMC.

Amir tiesi pelinsä pelatuksi. Hänen vointinsa oli muuttunut todella huonoksi, eivätkä kaksi sekä häntä että plutoniumlastia nyt kävellen lähestyvää hahmoa suinkaan olleet hänen maanmiehiään, vaan edustivat nimenomaan vastapuolta, Irania. Hän oli epäonnistunut tehtävässään pahemman kerran – ja saanut siitä kostoksi tappavan taudin. Hän rojahti vatsalleen hiekkaan ja antoi pimeyden laskeutua ylleen.

GMC:stä paikalle kävelleet miehet totesivat Amirin elottomaksi, ottivat plutoniumastian kantoonsa ja kiikuttivat sen maastoautonsa tavaratilaan. Sitten auto käynnistyi ja lähti jatkamaan matkaansa kohti Torreónia.

KOLMEKYMMENTÄYHDEKSÄN

Poliisiauton valot välähtivät, ja se pysähtyi vähän matkan päähän meistä. Sen perässä tulleen partioauton ovi avautui, ja koppalakkinen meksikolaispoliisi nousi megafoni kädessään ulos, jääden kuitenkin avatun oven taakse suojaan.

- Heittäkää aseenne maahan ja nostakaa kädet ylös, kuului megafonista murteellisella englannilla. Kapteeni Haddock totteli.

- Tulkaa ulos! kuului seuraava komento helikopterimme suuntaan. Katsoin asianajaja Makkosta, joka nyökkäsi kevyesti. Kömmimme kaikki ulos helikopterista, nostimme kätemme ylös ja siirryimme kapteeni Haddockin seuraksi riviin maastoauton viereen.

- Farzaneh on paennut, Haddock sihahti minulle hampaidensa välistä.

- Hänen on täytynyt jäädä kyydistä siinä äskeisessä kylässä, kun auto pysähtyi, päättelin. Haddock nyökkäsi.

Haulikoin varustautuneista poliiseista kaksi käveli luoksemme maastoauton viereen, kaksi jäi varovaisesti kauemmas.

- Olen Iso-Britannian merivoimien upseeri, kapteeni Haddock ja liikkeellä virka-asioissa, sanoi Haddock kuuluvalla äänellä. Meksikolaispoliisit vilkuilivat toisiaan epäluuloisen näköisinä.

- Ajamme takaa vaarallisia rikollisia, Haddock jatkoi. - Yhdysvaltain ja Iso-Britannian viranomaiset etsivät näitä miehiä tässä autossa. Pyydämme teiltä virka-apua.

Poliisit vastasivat pyyntöön poistamalla aseistaan varmistimen. Silloin Teppo puuttui tilanteeseen. Sujuvalla espanjan kielellä hän alkoi selittää poliiseille tilannetta, ja me seurasimme kädet ylhäällä poliisien naamanilmeiden kehittymistä.

Hetken keskenään mutistuaan poliisit antoivat haulikkojensa piippujen laskeutua.

- Mitä voimme tehdä avuksenne, kysyi megafonimies.

Huokaisimme kaikki helpotuksesta.

- Saatteko vietyä nämä autossa olevat miehet putkaan siksi ajaksi, että Yhdysvaltain viranomaiset hoitavat heidän luovutuspaperinsa kuntoon? Haddock kysyi.

- Onnistuu, poliisi nyökkäsi. – Mielellämme viemme myös teidät asemallemme odottamaan.

- Valitettavasti se ei käy. Yksi heistä pääsi karkuun, ja hänellä on jotakin Iso-Britannian kuningaskunnalle kuuluvaa. Näittekö ketään, kun ajoitte tien varren kylän ohi? Noin vartti sitten?

Poliisit katselivat toisiaan ja kohauttelivat olkapäitään. Ilmeisesti autoissa käydyt keskustelut olivat vieneet heidän huomionsa.

- Kuulkaa. Hoitakaa nämä tyypit säilöön, niin me palaamme siihen kylään helikopterillamme. Se on nopein väline.

Poliisit nyökkäsivät ja sanoivat hoitavansa homman. Juoksimme takaisin helikopteriin. Sen lentonopeus oli moninkertainen poliisiautoon verrattuna, joten se oli ainoa mahdollisuutemme löytää Farzaneh, ennen kuin tämä ehtisi liian kauas.

- Olipa hyvä, että puhut espanjaa, huusin Tepolle, kun aloimme nostaa korkeutta.

- Vielä eilen tähän aikaan luulin, etten muuta kieltä osaisikaan, Teppo vastasi selvällä suomen kielellä, ennen kuin moottorin melu kävi liian kovaksi.

Olimme olleet valveilla yhtäjaksoisesti jo puolitoista vuorokautta, mutta Agustan sisätilat eivät juuri antaneet mahdollisuutta nukkumiseen. Seurasin puoliunessa, kuinka pilotti seurasi suoraa tielinjaa takaisin kyläpahaseen. Huomasin kuitenkin jo kaukaa kylän kohdalla tien toisella puolella maassa makaavan mytyn.

- Tuolla on jotain, pystytkö laskeutumaan? sanoin lentäjälle.

Tämä teki työtä käskettyä, ja pian kopterin jalakset koskettivat maata kymmenen metrin päässä mytystä. Hyppäsimme Haddockin kanssa ulos ja kävelimme kohteemme viereen varmistamaan, että se oli sitä, mitä pelkäsimmekin.

Haddock tarttui ihmisen kokoiseen ja muotoiseen myttyyn ja käänsi sen ympäri.

- *Bloody hell*, summasi Haddock juuri toivottomaksi muuttuneen tilanteen peribrittiläisellä harmituksen ilmaisulla. Ainoa tuntemamme ihminen, joka olisi voinut kertoa meille, missä varastettu plutoniumerä oli, makasi edessämme. Pahasti ihovaurioisen Amir Farzanehin silmät olivat kiinni, eikä mikään viitannut siihen, että ne koskaan enää aukenisivat.

NELJÄKYMMENTÄ

- Minne menemme? Trishan kysyi mieheltään.

- Se on yllätys, tämä vastasi.

- Mietin vain, millaisia vaatteita pakkaan mukaan.

- Aa, no et ainakaan kovin lämpimiä tarvitse. Uimapuku, shortseja ja sellaisia. Lämmintä riittää, mies vastasi hymyillen.

Trisha teki työtä käskettyä ja pakkasi matkalaukkuunsa rantalomavarustuksen. Viikkojen hääjärjestelyt ja Kalervon yhtäkkinen ilmestyminen Bostoniin olivat olleet henkisesti kuluttavaa aikaa, ja rento rantaloma tulisi nyt tarpeeseen.

- Mitäköhän muuta tarvitsisin? hän mietti ääneen.

- Eiköhän tuossa ole riittävästi. Voimme ostaa perillä kaiken, mitä puuttuu.

Trisha kohotti kulmakarvojaan. He eivät olleet kumpikaan kovin varakkaita, joten ilmeisesti mies oli päättänyt hemmotella tuoretta vaimoaan toden teolla. Mikäs siinä, sehän hänelle kelpasi. Luottokorttilaskun tullessa voisi sitten olla huolissaan.

- Oikeasti, tuo riittää. Nyt meillä on jo kiire kentälle, hänen miehensä hoputti.

Trisha sulki matkalaukun ja kiikutti sen ulko-ovelle. Hänen miehensä nosti molempien matkalaukut ulkona seisovan taksin takaluukkuun ja odotti, kunnes Trisha oli lukinnut heidän kotinsa ulko-oven ja asettui hänen viereensä takapenkille istumaan. Kuski hymyili taustapeilin kautta onnellisen oloiselle pariskunnalle ja lähti sovitusti ajamaan kohti Loganin lentokenttää.

NELJÄKYMMENTÄYKSI

- Herätys, olemme kohta perillä, kuulin Tepon sanovan. Avasin silmäni. Olimme jälleen hiukan isommassa lentokoneessa, jonne päästyämme univelka oli viimein vienyt voiton ja saanut minut nukahtamaan koko matkan ajaksi. Rane näkyi myös heräilevän ikkunapenkiltään tokkuraisen oloisena. Ruokajuomaksi tarjoiltu Millerin Lite-olut oli maistunut hänelle, vaikkei se hänen sanojensa mukaan kuulemma maistunutkaan miltään. Kevytoluiden markkinajohtajuus ei siis selittynyt ainakaan makuseikoilla.

Makkonen sen sijaan oli kuulemma matkan aikana tentannut Tepolta kaikenlaista, joka voisi auttaa hänen kansalaisuutensa todistamisessa ja ylipäätään miehen palauttamisesta elävien kirjoihin. Samassa yhteydessä Teppo oli saanut mieleensä palauteltua myös suomenkielistä lakisanastoa – mikäli siellä sellaista oli aiemmin ollutkaan. Vaitelias kitaristimme osasi siis jällen vaieta koko lailla myös suomeksi.

Olimme liikkeellä enää siis pelkin suomalaisvoimin. Kapteeni Haddock oli Farzanehin löydettyämme todennut, että tutkimusten johtolanka oli katkennut samalla hetkellä kuin Amirin elämänlanka, joten tutkintalinjaa piti muuttaa, ja passittanut meidät takaisin Bostoniin. Käytännössä tämä oli tarkoittanut ensin uutta, parin tunnin helikopterimatkaa Meksikosta kaikessa hiljaisuudessa Yhdysvaltain puolelle San Antonioon. Tepon osuutta plutoniumvarkauteen Haddock ei enää pitänyt lainkaan todennäköisenä, vaan oli toivottanut tälle onnea paluuseen vanhaan elämäänsä.

San Antoniossa tiemme erkanivat. Haddock järjesti meille siirtymisen sotilashelikopterikentältä siviilikentälle ja Bostoniin vievään reittikoneeseen.

Pitkien etäisyyksien ainoa hyvä puoli oli, että olimme lennon aikana saaneet vihdoin nukutuksi. Virkeyttä tarvittaisiin, kun yrittäisimme keksiä, kuinka saisimme passittoman Tepon ensin kanssamme Kanadan puolelle ja sieltä jotenkin kotimaahan. Asianajaja Makkonen sanoi silmät innosta hehkuen viimeisen parin vuorokauden olleen hänen elämänsä jännittävimmät ja auttavansa meitä mielellään Tepon kotiuttamisessa. Ja, hän lisäsi, hänen ansiostaanhan olimme pääseet Bostoniinkin.

- Niin, ihmettelinkin, miksi meidät tänne lennätettiin, sanoin.

- Matkatavarammehan ovat Montrealissa, Kanadassa.

- Hups, se taisi olla minun vikani. Pyysin Haddockia vain automaattisesti palauttamaan meidät Bostoniin, sen kummempia ajattelematta, Makkonen mutisi. Pyöritin päätäni.

- No, osaat siis herättää huolleita henkiin? Rane tuhahti Makkoselle.

- Eiköhän laista jokin meksikolaisporsaan mentävä aukko löydy, tämä vastasi. – Tarkoitan, meksikolaismiehen. Tai siis, tässä tapauksessa suomalaismiehen, tietenkin.

- No, siirrytään terminaaliin sitä aukkoa etsimään, sanoin.

Odotimme kärsivällisesti, kunnes edessämme istuneet matkustajat pääsivät nousemaan koneen käytävälle ja seurasimme heitä ulos koneesta.

Kotimaan lennon yhteydessä ei tullimuodollisuuksia ollut, joten pian olimme suuressa tulo- ja lähtöaulassa suunnistamassa kohti autonvuokrausfirmojen myyntitiskejä. Terminaalissa oli vain vähän väkeä, joten tunnistin vastaan kävelevien matkustajien joukosta tutun hahmon välittömästi. Sydämeni jätti lyönnin väliin.

- Trisha?

NELJÄKYMMENTÄKAKSI

- Hei, Kalervo, Trisha sanoi hämmästyneen näköisenä ja pysähtyi kumppaneineen seurueemme eteen. Kahta matkalaukkua perässään vetävä mies Trishan vieressä näytti kysymysmerkiltä.

- Rob, tässä on... ystäväni Suomesta, Kalervo. Kalervo, tämä on mieheni Rob Mitchell, Trisha suoritti vaivaantuneen esittelyn.

- Terve, Kale... Kalervo? Tämäpä yllätys – ilmeisesti teille molemmille? Mitchell sanoi.

- Öh, niin... tässä ovat Teppo ja Rane, soittokavereitani. Suomesta hekin, esittelin puolestani toiset. – Niin, ja tämä on Sam Makkonen.

- Asianajaja, kiirehti Makkonen esittäytymään ja ojensi kätensä Trishalle. Tämä ei kuitenkaan kättely-yritystä noteerannut.

- Teppo? Rane? Luulen, että olen kuullut teistä. Soititte siis samassa bändissä Kalervon kanssa?

- Jep, vahvisti Rane.

- Mutta mitä te täällä teette? Trisha kysyi.

- Menemme vuokraamaan autoa, sanoi Rane.

- Ai niinkö? Tarkoitin, että...

- Kuule, olisi todella hauska jäädä rupattelemaan, mutta meillä on vähän kiire, keskeytti Trishan aviomies ja vilkuili sivuilleen.

- Niin, Rob... Robhan se oli? Onnea vain avioliiton johdosta, mutisin. Katseeni kiinnittyi varsin arvokkaan näköiseen kiveen Trishan uutuuttaan kiiltelevässä sormuksessa.

- Kiitos, kiitos, mutta nyt meidän täytyy kyllä...

- Mitä teet työksesi? kiiruhdin kysymään Robilta voittaakseni edes hetken aikaa Trishan seurassa.

- Mitä? Olen fyysikko. Teen ydinvoimaan liittyvää tutkimusta, Rob vastasi.

- Älä nyt ole turhan vaatimaton! Rob ehti häihinkin juuri ja juuri työmatkaltaan, keskeltä Nevadan autiomaata, selitti Trisha. – He räjäyttivät siellä ydinpommeja, tai jotain!

- Ydinpommeja? Nevadassa? valpastuin.

- Eikös sieltä hävinnyt juuri aika iso erä plutoniumia, Makkonen möläytti ääneen.

Rob valahti kalpeaksi ja puristi Trishaa tiukasti käsivarresta.

- Siitä en tiedä mitään. Ja nyt, suokaa anteeksi, minulla ja vaimollani on hiukan kiire.

- Mutta... aloitin.

- Jatkakaa matkaanne, tai tulette katumaan, uhkaavan oloiseksi äkisti muuttunut tiedemies sähähti työntäen minut syrjään tieltään. Trishakin näytti kavahtavan miehensä uutta ilmettä.

Rob veti vastustelevan Trishan mukanaan ja lähti harppomaan käytävää poispäin. Jäimme hämmentyneinä paikoillemme seisomaan.

NELJÄKYMMENTÄKOLME

Tämänkertaiseksi vuokra-autoksemme ehdotettiin pari vuotta vanhaa, harmaata Chevrolet Sprintiä. Yhtiön muista malleista esimerkiksi Camaro tai Corvette olisivat houkutelleet nuoria mieliämme kovasti, mutta sekä kyseisten autojen niukat sisätilat että käytettävissämme ollut budjetti sanelivat valinnan. Tai lähinnä jälkimmäinen – myöskään Sprintin takapenkin matkustajia ei käynyt kateeksi.

Budget-nimisen vuokraamon tiski oli valikoitunut kohteeksemme lähinnä nimensä vuoksi. Makkonen tiesi kertoa, että alun perin yhtiö olikin saanut nopeasti markkinaosuutta juuri leikattujen päivä- ja mailihintojensa vuoksi.

- Tänä päivänä firma ei näytä hinnoittelultaan enää juuri muista poikkeavan, hän lisäsi tutustuttuaan vuokraamon hinnastoon. – Otetaanko tämä?

Nyökkäsin hänelle hajamielisesti. Aivoni askartelivat vielä äskeisen yllätystapaamisen parissa. Trisha ei ollut parissa vuodessa juuri muuttunut, hän oli yhä samaksi tunnistettava, iloinen ja kiinnostava tyttö, johon olin Sevillassa tutustunut. Iloisuus tosin oli kaikonnut hänen olemuksestaan sillä hetkellä, kun hänen aviomiehensä katse ja puheensävy olivat silmänräpäyksessä synkenneet. Mistä moinen muutos miehessä oli johtunut? Äkillisestä mustasukkaisuudesta?

- Miten saamme Tepon tuolla Kanadaan? Peräkontti ei näytä tässä järin isolta, kuului Rane huomauttavan nähdessään kuvan vuokra-autostamme.

- Ja todennäköistä on, että se myös tarkastetaan rajalla, Makkonen huomautti. – Peräkontissa saa ehkä matkustaa, mutta kyllä siihenkin passi vaaditaan.

- Eikö tätä kansalaisuusasiaa voisi selvittää täältä USAsta käsin? pelästyneen oloinen Teppo kysyi.

- Sitähän varten teillä on asianajaja matkassanne, Makkonen sanoi iloisesti.

Tilanne ei näyttänyt Tepon osalta siis kovinkaan hyvältä. Silloin muistin jotakin.

- Hei, meillähän on ulkoministeriössä tuttuja, jotka voisivat ehkä auttaa Tepon kansalaisuuden palauttamisessa!

- Neiti Näpsä, vai? varmisti Rane kuultuaan ajatukseni.

- No nimenomaan! Jos hän nyt sitten yhä on töissä ulkoministeriössä. Jollei hän keksi, miten Teppo saadaan Suomeen, niin ei sitten kukaan.

- Näpsä? Kummallinen nimi, maisteli Makkonen.

En viitsinyt kertoa hänelle, mitä mielikuvia hänen oma nimensä herätti, vaan kerroin lyhyesti, kuinka tämä ulkoministeriö lähetystösihteerin avustaja oli pelastanut meidät tahattomilla ulkomaanmatkoillamme pulasta jo useamman kerran.

- Loistavaa! Minä voin soittaa hänelle heti, Makkonen innostui.

Annoimme Makkoselle vastentahtoisesti luvan alkaa selvittää, kuinka tähän Suomen ulkoministeriön topakkaan virkailijaan saisi yhteyden. Lähtien liikkeelle vaikkapa hänen oikean nimensä selvittämisestä. Makkonen siirtyikin välittömästi lentoasemahallin ensimmäiseen vapaaseen yleisöpuhelimeen tehtävää suorittamaan.

- No, minä soitan sillä välin soittaa kapteeni Haddockille ja kerron, että olemme päässeet Bostoniin, sanoin ja siirryin viereiseen puhelinkoppiin näppäilemään Haddockilta saamaani puhelinnumeroa.

Puhelun yhdistyminen armeijan keskusjärjestelmien läpi kesti hetken, mutta viimein toisessa päässä vastattiin.

- Kapteeni Haddock puhelimessa.
- Täällä on Kalervo Lahdenmäki. Ilmoitan, että olemme päässeet turvallisesti Bostoniin.
- Hyvä. Onko muuta kerrottavaa? kapteeni kysyi, haluten lopettaa puhelun lyhyeen. Plutoniumin etsintä kävi kuumana, eikä aikaa ollut hukattavaksi.
- Ei...pä kai, aloitin, mutta sitten muistin jotakin. – Hetkinen, sir, saanko kysyä jotakin?
- Antaa tulla.
- Oliko se ydinkärjen testiräjäytystä valmistellut fyysikko tiimissänne nimeltään Rob Mitchell?
- Kyllä, juuri hän. Mitä hänestä?
- Rob Mitchell tuli juuri meitä vastaan täällä Bostonin lentokentällä.

Jätin Trishan nimen mainitsematta; Haddockin ei tarvinnut tietää olemattomasta rakkauselämästäni enempää.

- Bostonissa? Oletteko aivan varma?
- Kyllä, meidät... esiteltiin toisillemme. Nimi oli sama, ja tämäkin työskentelee fyysikkona Nevadan testiasemalla.
- Mitä? Kuka hänet esitteli? Kapteeni kuulosti kiihtyneeltä.
- Öö, hänen vaimonsa, tunnustin.
- Vaimo? Oliko Mitchell naimisissa?
- Ei. Tai siis on. Ei ollut vielä toissa päivänä, mutta nyt on.
- Minne Mitchell oli menossa?

- En tiedä, hän jatkoi vaimonsa kanssa ilmeisesti jollekin jatkolennolle. Ja nopeasti jatkoikin, kun kysyimme häneltä plutoniumista.

- Saatanan tunarit!

- Anteeksi?

- Unohtakaa äskeinen. Sain juuri tiedon, että Rob Mitchell on hävinnyt Nevadan testiasemalta kohta testilaukaisumme jälkeen, eikä kukaan tiedä, minne hän on mennyt.

- No ehkä hän ei muistanut kertoa häistään... aloitin, mutta Haddock keskeytti minut.

- Mitchell on lähtiessään pyyhkinyt suuren osan testidatasta pois tietokoneelta.

- Häntä varmaan nolotti, jos hän oli vastuussa tes...

- Testiasemalta lähtiessään hän on lisäksi ottanut mukaansa kaiken siellä olleen omaisuutensa. Meillä on syytä olettaa, että hän on tämän ryöstön takana.

NELJÄKYMMENTÄNELJÄ

- Päästä irti! Satutat minua! Trisha huudahti ja kiskaisi käsivartensa Robin otteesta.

- Ai, anna anteeksi, rakas... äskeinen viivästys vain sai minut pois tolaltani. Tiedäthän sinä, että olen odottanut tätä matkaa kovasti.

- Vain tätä matkaa? Trisha sanoi kiusoittelevasti, mutta sisimmässään häntä vaivasi yhä miehensä äkisti muuttunut käytös. – No kerro edes, mihin olemme menossa?

Rob hymähti ja osoitti sormellaan monitoria sen lähtöportin edustalla, jonka eteen he olivat kiiruhtaneet.

- "Havaiji"? Oikeasti?!

- Kyllä, Mitchell hymyili. – Ja pelkät menoliput!

- Mitä tarkoitat? Milloin palaamme takaisin? Trisha hämmästyi. Rob puri huultaan; tätä seikkaa hänen ei olisi vielä kannattanut paljastaa.

- Sitten, kun siltä tuntuu! Vaimolle vain parasta, hän naurahti vaivaantuneesti.

Trishaa paljastus ei vakuuttanut. Jokin ei nyt täsmännyt. Heidän vaatimaton taloudellinen tilanteensa ei mahdollistanut matkustelua paratiisisaarelle määrättömäksi ajaksi. Rob oli vaikuttanut myös oudon hermostuneelta siitä lähtien, kun ne suomalaiset olivat maininneet jonkin Nevadassa tapahtuneen varkauden.

Trisha päätti, että hänen täytyisi jotenkin saada jätettyä Kalervolle viesti heidän matkansa määränpäästä.

- Rakas, tämä on aivan fantastista! Niin hienoa, että minulle tulee kohta pissat housuun, jollen pääse käymään vessassa! Odota ihan hetki!

Trisha hymyili Robille ja lähti "Lavatories"-kyltin ohjeistamaan suuntaan. Rob vilkaisi kelloaan ja oli sanomaisillaan jotakin, mutta jäi sitten odottamaan vaimonsa paluuta.

WC:t olivat Trishan kannalta harmillisen lähellä. Naistenhuoneen ovelta oli suora näköyhteys Robiin, joka yhä katseli hänen suuntaansa. Trishan oli siis mentävä sisään.

Käsienpesualtaan peilin edessä oli nuori nainen kohentamassa meikkiään.

- Kuule, anteeksi kovasti, mutta voisitko tehdä minulle palveluksen? Trisha kysyi häneltä.

- Mitä? No, riippuu. Huumeita en ala kuljettamaan. Kerta riitti, nainen vastasi jatkaen ripsiensä viimeistelyä.

- Ei, ei mitään sellaista. Neljä suomalaista ystävääni meni hetki sitten vuokraamaan autoa; ne myyntitiskithän sijaitsevat kaikki vierekkäin.

- Joo, tiedän. Ja? Nainen kääntyi katsomaan Trishaa kysyvästi.

- Voitko etsiä heidät sieltä ja kertoa, että Trisha lähtee Havaijille?

- "Trisha lähtee Havaijille"? Ja tällainen viesti joillekin suomalaisille? Onko tämä jokin vitsi? Tai Piilokamera? Nainen vilkaisi ympärilleen, mutta totesi WC-tilan liian pieneksi piilotelluille kameroille.

- Olisikin... pyydän, voitko nyt vain tehdä tämän?
- Okei, sanoi nainen ja sulki meikkipussinsa. – Siis että "Trisha lähtee hampurilaiselle"?

Trisha ymmärsi yskän. Hän kaivoi lompakostaan kymmenen dollarin setelin ja antoi sen naiselle.

- Aa, nyt muistinkin: "Trisha lähtee Havaijille!", tämä sanoi ilme kirkastuen.

- Kiitos sinulle. Tämä saattaa olla tärkeää. Mutta nyt minun on mentävä, Trisha huokaisi ja lähti takaisin kohti lähtöporttia, joka oli jo auennut. Viimeisiä matkustajia kuulutettiin juuri astumaan sisään koneeseen.

NELJÄKYMMENTÄVIISI

- Kuunnelkaa: Kapteeni Haddockin mielestä se äskeinen Trishan mies saattaa olla sekaantunut siihen plutoniumin ryöstöön! puuskutin Tepolle ja Ranelle puhelimesta palattuani.

- No se olikin aika epäilyttävän oloinen kaveri, Rane myönsi.

- Mihin he mahtoivat mennä? ihmettelin ääneen ja vilkuilin joka suuntaan avaraa lähtöaulaa.

- Kova kiirehän heillä tuntui olevan jollekin jatkolennolle; olisivatkohan jo koneessa? Teppo sanoi.

- Meidän täytyy saada selville, minne he ovat menossa. Haddock sanoi, ettei kenelläkään ole tietoa siitä!

- No miten me sen saamme selville? Ensimmäiseltä vastaantulijalta, vai? kysyi Rane sarkastisesti.

- Anteeksi, mitä kieltä tuo on? kuului silloin vierestämme englanniksi. Tuntematon nuori nainen oli ilmestynyt paikalle huomaamattamme.

- Öö... Suomea, miten niin? vastasin hänelle.

- Joku Tracey käski sanoa teille, että hän lähtee nyt Havaijille.

- Havaijille? Tracey? Vai tarkoitatko Trishaa?

- Hmm, olisiko ollut? En nyt muista... nainen sanoi, vilkaisi ympärilleen ja ojensi kämmentään näkösälle. Tunnistin kansainvälisen käsimerkin ja kaivoin taskustani neidin käteen dollarin setelin.

- Vain dollari? Te suomalaiset taidatte olla pihiä porukkaa, nainen tuhahti. - Mutta okei, oli se Trisha. Ja Havaijille menossa siis. Muuta en tiedä.

Nainen kääntyi koroillaan ja lähti sipsuttamaan pois luotamme.

- Pian nyt! Etsitään monitori, jossa lukee Havaijin lennon lähtöportti! Ehkä ehdimme vielä estää heidän lähtönsä! komensin toisia.

Oikeanlaisen informaation sisältävä monitorirykelmä löytyi kohta tuloaula viereiseltä, turvatarkastukseen vievältä käytävältä. Aloin tavata lentojen lyhenteitä ja määränpäitä.

- Havaiji, Havaiji... ei täällä ole yhtään sellaista!

- Odotas... tuossa! Honolulu! Eikös se ole kaupunki Havaijilla? Teppo sanoi ja osoitti reunimmaista monitoria.

- Okei... katsotaanpa... Honolulu... "Gate closed"! Eli myöhästyimme, totesin pettyneenä.

- No ainakin tuossa on lennon numero, jonka voimme ilmoittaa Haddockille, Teppo muistutti.

Se oli totta. Painoin lennon tunnuksen mieleeni ja lähdin harppomaan takaisin puhelinkopeille soittaakseni Haddockille uudelleen. Tosin kiirettä ei oikeastaan ollut – lennon Havaijille täytyi kestää toistakymmentä tuntia. Jos suoria lentoja edes oli olemassakaan.

Haddock oli ilmeisesti odottanut puhelimen vieressä soittoani, sillä tällä kertaa hän vastasi heti.

- Lahdenmäki? Saitteko tiedot? hän tivasi.

- Kyllä... he ovat matkalla Honolululle, Havaijille.

Kerroin kapteenille vielä lennon numeron, jonka jälkeen hän kiitti yhteistyöstä ja katkaisi puhelun.

Seisoin hölmistyneenä luuri kädessäni vielä puhelimen vieressä, kun Makkonen koputti olalleni.

- Hyviä uutisia! Sain tämän neiti Näpsän kiinni ja hän sanoi hoitavansa Tepolle lentomatkaa varten tarvittavat asiakirjat.

- Mitä? Ai, mainiota. Mistä saamme ne?

- Ne odottavat teitä Montrealissa. Saatte ne siellä asuvalta Suomen kunniakonsulilta, kun pääsette perille.

- Kanadassa? Miksi? Miten saamme Tepon ensin rajan yli?

- Ai niin, enpä huomannutkaan tuota seikkaa. Ajattelin vain, että kun määränpäänne joka tapauksessa on Montreal, niin on kätevää, että saatte dokumentit sieltä.

Mietin, minkä kirosanan jättäisin tällä kertaa sanomatta. Makkonen huomasi synkistyvän ilmeeni ja kiirehti jatkamaan:

- Ja tänään on joka tapauksessa lauantai, eli täältä Bostonista niitä olisi ollutkin turha yrittää saada järjestymään teille. Kanadan kunniakonsuli sen sijaan on kuulemma höveli tyyppi ja auttaa teitä mielellään, vaikkapa näin viikonloppuna.

Oli siis tullut aika hyvästellä Sam Makkonen. En kestäisi enää enempiä lipsautuksia hänen suustaan. Ja sitä paitsi hän tuntui asuvan Bostonissa; täältähän hän oli matkaamme hypännytkin.

Makkonen ei tuntunut olevan jäähyväisilmoituksesta moksiskaan. Hän sanoi kalenterinsa olevankin täynnä mielenkiintoisia perintö-, avioero- ja tuotevastuutapauksia, joita hänen pitäisi hetimiten alkaa purkaa.

- Niin, tiedättehän meidät juristit: selvitämme sotkuiset asiat ja sotkemme selvät! hän naurahti.

Tuota ei olisi voinut enää paremmin sanoa.

NELJÄKYMMENTÄKUUSI

Jälkimmäisen puheluni jälkeen kapteeni Haddock oli laittanut tuulemaan. Hän oli ottanut yhteyttä ensin American Airlinesiin, sitten Pentagoniin, sen jälkeen CIA:han, sitten uudestaan American Airlinesiin ja lopuksi paikalliseen pizzeriaan. Nyt hän mutusti pahvilaatikossa hänen eteensä kannettua Quattro Stagionia ja hörppäsi tölkistä Coca-Colaa. Energiaa oli pakko saada tai muuten hän tulisi hulluksi. Kuinka hemmetin vaikeaa oli saada komennettua yksi lentokone laskeutumaan? Toisaalta; hänhän ei ollut edes Yhdysvaltain kansalainen, joten ei kai kyseinen manööveri liian helppoa saanutkaan olla, hän mietti verensokerinsa hiljalleen rauhoittavasti kohotessa.

American Airlines oli kyllä paljastanut Havaijin-lennon matkasuunnitelman välilaskuineen Haddockille, mutta laskeutumispyyntöön oli suhtauduttu lähinnä epäuskoisen huvittuneeksi. Seuraavaksi soittolistalla ollut Pentagon oli ensin suhtautunut Haddockin pyyntöön penseästi, mutta Iso-Britannian laivaston upseerina hän oli, kontaktiverkkoaan hyväksi käyttäen, saanut lopulta Yhdysvaltain laivaston kaksi Tomcat-hävittäjää nousemaan ilmaan ja kehottamaan American Airlines -lentoyhtiön Havaijin-matkaajia kuljettavan vuoron ystävällisesti palaamaan maan kamaralle. Haddockin uuteen puheluun oli American Airlinesissakin vastattu jo anteeksipyytävämmällä äänensävyllä.

Haddock röyhtäisi, katsoi kelloaan ja laskeskeli, että kone koskettaisi Chicagon O'Haren lentokentän kiitorataa juuri näillä hetkillä. Siellä puolestaan tuoretta avioparia ja muita koneen matkustajia vastassa olisi tusinan verran CIA-agentteja, jotka vähin äänin poistaisivat Mitchellin pariskunnan koneesta. Matkustajamääriltään maailman vilkkaimman lentokentän vilskeessä kukaan tuskin kiinnittäisi toimenpiteeseen edes sen kummempaa huomiota.

Nopea tutustuminen Rob Mitchellin puhelutietoihin oli paitsi vahvistanut miehen olleen plutoniumvarkauden takana; myös saaliin olleen tarkoitettu iranilaisille ostajille, joille se toistaiseksi näyttikin olevan päätymässä. Amir Farzaneh oli siis ollut vain niin kutsuttu hyödyllinen idiootti, joka oli tässä näytelmässä kuvitellut olevansa hankkeen päätekijä, tekevänsä palveluksen kotimaalleen Irakille, tullut itse asiassa tehneeksi kaiken likaisen työn ja saanut lopulta palkakseen vain kuollettavan säteilyannoksen. Haddockin käsitys Mitchellin empatiakyvyistä ei tämän jälkeen ollut kovin korkealla, ja hänen kävi tämän tuoretta vaimoa tavallaan sääliksi. Kuka tämä sitten olikaan.

Rikoksen tekijät oli siis selvitetty ja heistä elossa olevan ranteisiin ilmestyisivät kohta toissapäiväisestä melkoisesti eroavat kihlat. Itse lasti oli kuitenkin edelleen kateissa. Haddock tuumi, että jos nyt olisi oltu Iso-Britanniassa, MI6 olisi agentteineen nopeasti selvittänyt olinpaikan Mitchelliltä. Nyt hänen täytyi vain luottaa, että CIA kykenisi samaan. Ellei hän itse keksisi keinoa jäljittää Meksikossa kadottamansa GMC:n myöhemmät liikkeet.

Haddock puristi tyhjän Coca-Cola-tölkin kasaan, heitti sen roskakoriin ja päätti testata juuri keksimänsä ajatusta.

NELJÄKYMMENTÄSEITSEMÄN

Pysäytin Chevrolet Sprintimme tien levennykselle muutama kilometri ennen Kanadan rajaa. Takanamme ei näkynyt liikennettä, eikä vastaantulijoitakaan juuri nyt ollut.

- Ei muuta kuin peräkonttiin ja kädet ristiin, sanoi Rane Tepolle, joka kömpi sisään ahtaasta luukusta.

Olimme ajaneet Bostonista lähes tauotta jo yli neljä tuntia ja saapuneet vihdoin rajalle. Jatkoimme nyt matkaa kohti raja-asemaa muina miehinä, vaikka niskojamme kihelmöi. Tunnistin rakennuksen samaksi, jonka olimme ohittaneet kovassa kaatosateessa toiseen suuntaan vain muutama päivä sitten.

Jykeväleukainen lainvartija käveli automme luo ja näytti käsimerkillä, että avaisin ikkunan. Kädessä vilahti samannäköinen "Vermont"-sormus kuin olin tulomatkallakin nähnyt.

- Iltaa. Saanko passinne, mies komensi. Ojensin ne hänelle.

- Suomesta? Hetkinen – tehän menitte tästä muutama päivä sitten? hän kysyi.

Nielaisin. Yllättäen Rane tarttui hetkeen.

- Kunnon myrsky oli, eikö? hän kysyi iloisesti vänkärin paikalta. Jos rajavartija olisi vähänkin tuntenut Ranea, hän olisi väittömästi arvannut tämän salailevan jotakin. Onneksi hän ei tuntenut.

- Kyllä, enpä jäänyt sellaista keliä kaipaamaan. Matalapaine teki sellaisen päänsäryn, että vieläkin jomottaa.

- Kokeilkaapa näitä, Rane sanoi ja työnsi kauhukseni Woodstockin apteekkarilta ostamamme pilleripurkin virkailijan käteen. Aivoissani välähti ajatus, että matkantekomme tyssäisi tähän paikkaan, ja saisimme ihmissalakuljetuksen lisäksi syytteet myös huumaavien aineiden hallussapidosta.

- Kiitos, sanoi rajavartija ja aloin varustautua käsiraudoitukseen. Sen sijaan mies katsoikin purkkia ja totesi ilahtuneena:

- Aivan, nämä minä tunnenkin! Jos kipu ei näillä lähde, se on kuolemaksi! Kiitos, kaveri!

- Ei mitään, pidä koko purkki, Rane vastasi hövelisti.

- No mutta mahtavaa! Tervetuloa takaisin Kanadaan!

Otin kaverin ojentamat passit, kiitin yrittämättä vaikuttaa liian kohteliaalta, nostin ikkunan ylös ja lähdin jatkamaan ajoa Kanadan puolelle niin huolettoman tuntuisesti kuin vain osasin.

Tie oli harmillisen suora, ja tuntui kestävän ikuisuuden, ennen kuin rajavartioasema hävisi taustapeiliin ilmestyneen metsän taakse. Varmistin taas, ettei muita ajoneuvoja näkynyt ja parkkeerasin Sprintin tien sivuun. Rane nousi avaamaan takaluukun, ja pahasti puristuksissa ollut Teppo pääsi oikaisemaan ruhoaan ulkoilmaan.

- Tervetuloa todellakin Kanadaan, uskalsin vihdoin sanoa. Taputtelimme hetken toisiamme olalle, siirryimme takaisin autoon ja lähdimme ajamaan kohti tunnin matkan päässä odottavaa Montréalia.

NELJÄKYMMENTÄKAHDEKSAN

- Vaikuttaa siltä, että olette oikeassa, totesi ääni puhelimessa Haddockille. Ääni kuului kuolinsyyntutkijalle, joka oli juuri saanut valmiiksi Amir Farzanehille tekemänsä ruumiinavauksen perusteella laatimansa analyysin. Ruumis oli tuotu hänen pöydälleen Nevadan testiasemalle edellisyönä.

- Farzaneh on todellakin kerännyt itseensä noin viikon aikana tappavan annoksen radioaktiivista säteilyä.

- Mutta..., vihjasi Haddock tutkijaa jatkamaan.

- Mutta säteily ei suinkaan ole kokonaan peräisin plutoniumisotoopista 239, vaan lähinnä siitä rikastuneesta versiosta 240.

- Arvasin! sanoi Haddock ääneen.

- Kuten varmasti tiedättekin, Plutonium-240 on ydinasekäytön kannalta hyödytöntä, mutta varsin harmillista jätettä, kuten tämäkin tapaus osoittaa, jatkoi kuolinsyyntutkija.

- Tiedän, tiedän. Yksi ylimääräinen neutroni tekee Plutonium-239-materiaalista meidän kannaltamme käyttökelvotonta. Tai tarkemmin sanoen, jos Plutonium-240:tä on lopputuotoksessa yli seitsemän prosenttia.

- No, tässä tapauksessa materiaali, jolle Farzaneh on altistunut, on ollut suurimmaksi osaksi juuri tuota isotooppia 240.

- Kiitos, tässä on kaikki, mitä tarvitsen, Haddock sanoi ja katkaisi puhelun.

Se ovela paskiainen, Haddock mietti itsekseen. Mitchell oli siis jotenkin järjestänyt Farzanehin eteenpäin irakilaisille kuljetettavaksi kylläkin radioaktiivista, mutta ydinasekäyttöön soveltumatonta plutoniumisotooppia. Sen täytyi puolestaan tarkoittaa, että testiasemalta kadonneen 239-isotooppierän täytyi olla jossakin muualla kuin irakilaisilla. Ehkä sitä ei ollut koskaan edes viety pois testiasemalta?

Seuraavaksi hän soittaisi CIAn kuulustelijoille, jotta he pumppaisivat oikean sijainnin ulos Mitchellistä.

NELJÄKYMMENTÄYHDEKSÄN

- Rob? Trisha kysyi ja koputti miestään olalle.
- Niin, Trisha? Mitchell vastasi ja nosti katseensa lukemastaan kirjasta.
- Onko aivan normaalia, että armeijan koneet tulevat näin lähelle tavallista matkustajakonetta?

Rob katsoi ulos koneen ikkunasta. Suorituskykyisen näköinen F-14 Tomcat-hävittäjä oli todellakin parkkeerannut itsensä ilmassa aivan American Airlinesin Boeing 737:n viereen. Toisen samanlaisen siluetti näkyi hiukan kauempana.

Samassa istuinten turvavöiden merkkivalot syttyivät palamaan ja heidän koneensa lähti nopeasti pudottamaan korkeutta. Joku matkustajista kiljaisi. Robin pulssi kohosi ja hän tunsi kurkussaan puristavan tunteen. Näinkö hän olisi paljastunut? Mutta kuinka ihmeessä?

Pelko alkoi vallata hänen mielensä, mutta hän koetti ajatella selkeästi. Jos hän paljastuisi, plutoniumin sijainti pitäisi saattaa ostajien tiedoksi, ennen kuin tieto kaivettaisiin hänestä esiin.

Sitten hän keksi. Hän otti paitansa taskusta kuulakärkikynän, kirjoitti jotakin äsken lukemansa kirjan sivulle ja ojensi kirjan kysyvän oloiselle Trishalle.

- Trisha, älä kysy mitään, vaan laita tämä kirja laukkuusi. Jos minulle tapahtuu kohta jotakin, annat kirjan ensimmäiselle iranilaiselle, joka tulee kysymään sinulta minusta. Ymmärrätkö?

Trisha nyökkäsi ja laittoi kirjan kassiinsa. Palapelin palaset olivat kuitenkin ehtineet hänen päässään loksahdella jo sen verran paikoilleen, että hän aavisteli, ettei kirja tulisi päätymään aivan sille taholle, jonka Rob oli kuvannut.

VIISIKYMMENTÄ

Kanadan kunniakonsuli oli todella niin höveli tyyppi kuin neiti Näpsä oli antanut ymmärtää. Lauantai-ilta oli jo pitkällä, kun saavuimme Montréaliin, mutta tyyppi oli meitä vastassa sovitussa osoitteessa ja sovitut dokumentit valmiina pöydällään.

- Eipä kestä kiittää. Kunniakonsulin tehtäviä on sen verran harvoin, että mielelläni teen jotain nimitykseni eteen, kotkannenäinen konsuli sanoi.

Uskalsin siis pyytää häneltä vielä yhtä palvelusta; saada soittaa puhelun Yhdysvaltoihin. Minun oli kuultava Haddockilta, mitä Trishalle oli tapahtunut. Kunniakonsuli ohjasi minut sivuhuoneeseen, josta saatoin soittaa rauhassa. Teppo ja Rane jäivät konsulin seuraksi maistelemaan hänen suosikkiaan, Canadian Mist -viskiä.

Sain Haddockin kiinni. Hän kertoi lyhyesti, että Rob Mitchell oli saatu kiinni ja varastettu plutoniumerä löydetty, kiitos hänen vaimonsa, joka oli paljastanut lastin olinpaikan toimittamalla CIAlle kirjan, johon Mitchell oli osoitteen kirjoittanut. Mikään ei vaikuttanut siltä, että hänen vaimonsa olisi mitenkään ollut tietoinen Mitchellin suorittamasta varkaudesta, joten tämä oli lyhyen kuulustelun jälkeen vapautettu chicagolaiselta poliisiasemalta pari tuntia aiemmin. Ja ei, Haddockilla ei ollut tietoa tämän olinpaikasta. Kiitin kapteenia tiedosta, jonka jälkeen hän totesi suoraan tyyliinsä toivovansa, ettemme enää tapaisi.

Laskin puhelimen luurin paikoilleen ja palasin sekavin tuntein konsulaatin jo hivenen viskinhuuruiseen toimistohuoneeseen. Sangen miellyttäväksi sisustetussa tilassa soi raikkaan kuuloinen jazz-musiikki.

- Ai tämäkö? Erittäin lupaavan tuntuinen nuori muusikko, Harry Connick Jr. Joku on saanut jostain päähänsä, että hän olisi kanadalainen, mutta mielestäni näin ei kyllä ole. Hyvää musiikkia, eipä silti, kunniakonsuli sanoi.

- Jazzia emme olekaan vielä soittaneet, totesin.

- Ai, oletteko muusikoita? konsuli kysyi kiinnostuneena.

- No, olimme ainakin. Kymmenkunta vuotta sitten tuli kierrettyä tanssilavoja Suomessa, ja viime vuosina erinäisten sattumien seurauksena on tullut tutustuttua muidenkin maiden musiikkiin.

- Meillä Kanadassa ei ikävä kyllä taida oikein olla mitään erityisen omaa musiikkiamme.

- Lainamusiikki kelpaa kyllä, sanoin ja vinkkasin kohti kaiutinta, josta Connickin musiikki kuului.

Kunniakonsuli nosti etusormensa ylös.

- Hei! Sain idean! Olen hankkinut teille lentoliput Suomeen huomiseksi. Mitäpä, jos pitäisimme täällä konsulaatissa oikein suomalaisen musiikin illan?

- Meillä ei kyllä ole soittimia... aloitin, mutta vauhtiin päässyt kunniakonsuli oli jo ottanut puhelimen luurin käteensä.

- Soitan vain pari puhelua, niin saamme teille lainasoittimet sekä muutamia vieraita nauttimaan yllätysjuhlista! Mitä instrumentteja te soitattekaan?

Katsoin Teppoa ja Ranea. Molemmat kohauttivat olkiaan alistumisen merkiksi. Tilanne alkoi tuntua samantyyppiseltä kuin se lähetystöneuvos Kuappisen Vientisäätiön tiloihin Katajanokalle masinoima saunailta, joka kuutisen vuotta aiemmin oli käynnistänyt kummallisen matkamme Meksikoon. Matkan, jonka seurauksena kaksi orkesterimme jäsentä oli jäänyt sille tielleen. Toiseen olin törmännyt pari vuotta sitten Espanjassa, ja toinen oli ilmestynyt haudan takaa eteemme bostonilaisen lentokentän pysäköintialueella vain muutama päivä sitten.

Ehkä tässä oli jonkinlainen ympyrä sulkeutumassa.